O retrato da dama

contos

Adriano Macedo

O retrato da dama

contos

Realizado com os benefícios da
Lei Municipal de Incentivo à Cultura de Belo Horizonte

autêntica

Copyright © 2008 by Adriano Macedo

PROJETO GRÁFICO DA CAPA
Patrícia De Michelis
sobre imagem Madame Bárbara Rimsky-Korsakov,
tela de Franz Xavier Winterhalter (1864), Musée d'Orsay

EDITORAÇÃO ELETRÔNICA
Conrado Esteves

REVISÃO
Ana Elisa Ribeiro

EDITORA RESPONSÁVEL
Rejane Dias

Todos os direitos reservados pela Autêntica Editora.
Nenhuma parte desta publicação poderá ser reproduzida,
seja por meios mecânicos, eletrônicos, seja via cópia
xerográfica sem a autorização prévia da editora.

AUTÊNTICA EDITORA
Rua Aimorés, 981, 8º andar . Funcionários
30140-071 . Belo Horizonte . MG
Tel: (55 31) 3222 68 19
Televendas: 0800 283 13 22
www.autenticaeditora.com.br
e-mail: autentica@autenticaeditora.com.br

Dados Internacionais de Catalogação na Publicação (CIP)
(Câmara Brasileira do Livro, SP, Brasil)

Macedo, Adriano
   O retrato da dama : contos / Adriano Macedo. -- Belo Horizonte :
Autêntica Editora, 2008.

   ISBN 978-85-7526-334-1

   1. Contos brasileiros I. Título.

08-05436   CDD- 869.93

Índices para catálogo sistemático:
1. Contos : Literatura brasileira 869.93

Para Bárbara.

Para meus pais, que compuseram
as letras do meu nome.

Para Cunha de Leiradella, amigo
e incentivador da arte de cortar palavras.

Para Xandy, Bal e Nana.

Para Paloma, Rafael e Erick, contadores
de histórias de primeira grandeza.

Para Alécio Cunha, Antônio Torres,
Antônio Barreto, Branca Maria de Paula,
Carlos Plácido Teixeira, Luís Giffoni, Raul
Garate, Rejane Dias e Washington Barbosa,
pelo estímulo e pelas prosas freqüentes.

Para Karl Hirsch, que se ligou a Minas
Gerais, sua gente e sua história.

Para Tatiana Rimsky-Korsakov.

... *A chamada invenção literária nunca existiu. No fundo espírito inventivo é simplesmente espírito observador. A vida é que inventa e cada vez inventa melhor. Não há imaginação capaz de bater a realidade no terreno do extraordinário.*

António de Alcântara Machado
Novelas Paulistanas

Sumário

11	Folha seca
15	A cabeça das botas negras
21	Triângulo quadrangular
31	O jogador de xadrez
39	A vizinha do 301
45	O retrato da dama
55	Tourada em Alcalá
63	O velório das fotos
73	Recordações de um diário viúvo
83	O crime do padre Inácio

Folha seca

Reminiscências

Aquele homem leva uma vida de autômato. Não por estar aposentado, muito menos por ignorância ou estupidez. Por falta de direção e sentido. Ao contrário de quando era responsável pelo destino de milhares de pessoas no comando de uma aeronave. Morreu-lhe a mulher, de câncer, há pouco mais de um ano. Com ela compartilhou quarenta anos de vida.

Acabara de chegar em casa. Entrou na sala e lembrou-se do cachorro ausente. O animal de estimação o recebia com festa. O cão seguiu o destino da esposa, depois de meses sem abanar o rabo. Não suportou a perda. O homem sentiu-se envergonhado; o cachorro conviveu com a dona apenas dez anos e se entregou a uma prova de amor superior à dele. É assim que se sentia e jurou não procurar outro calor na ausência da mulher. O coração em turbulência não suportava a saudade. Viu, na estante da sala, a foto do único filho. Mora no exterior, visita o Brasil uma vez ao ano. No Natal. Seguiu o próprio rumo e também não pertence mais àquele homem.

Caminhou até a cozinha para beber água. Viu a gaiola num canto na área de serviço. Vazia. Desde o dia em que decidiu abrir a portinhola e deixar os canarinhos partirem. Para que o canto não lhe trouxesse lembranças. "Quê que ela tá fazendo aqui?", surpreendeu-se o homem. Ele ordenara a empregada a se livrar daquela cela solitária havia muito tempo.

Na prateleira de um dos quartos, viu os livros esquecidos. "Pra quê ler?" Só tinha prazer nas leituras ao lado da mulher. As histórias ganhavam vida. Ele na poltrona da sala, a companheira na cadeira de balanço, fazendo crochê. A cadeira se encontrava ali, paralítica. Movimentos apenas nas recordações. Viagens não têm mais sentido sem a mulher. Os pães não possuem o mesmo sabor. Nem o café. A cafeteira ainda é vermelha, as marcas do pó e do filtro de papel são as mesmas, mas o café passado pela empregada, há poucos meses naquela casa, jamais soube acompanhar o leite com dignidade. A esposa preparava todas as refeições. Para o homem, ninguém a substituirá.

Reflexos

Era início de noite, acabara de voltar de uma caminhada pelas ruas do bairro, momento em que tentava aterrissar e reabastecer-se. Entrou no quarto, abriu a porta do armário para retirar algo e cristalizou o olhar diante do espelho. A imagem replicada o perturbou. Não sabia o porquê. Era como se o rosto fosse o espelho das angústias. "É uma fotocópia perfeita de nossas imperfeições. Será que é pra isso que serve? E se não existisse? As mulheres se sentiriam mais belas? Os homens mais jovens? As crianças mais felizes? Os velhos mais dignos?". As abstrações começaram a inquietá-lo.

Lembrou-se de um dos contos de Jorge Luis Borges, um dos escritores preferidos na época em que gostava de ler. Não se recordava da história, apenas de uma frase que o incomodou naquele momento. "Os espelhos têm algo de monstruoso. Os espelhos e a cópula são abomináveis, porque multiplicam o número de homens".

Tirou a roupa e ficou mirando o espelho. A imagem refletida, implacável, atravessou-lhe o espírito, embora ele não conseguisse entrar na alma do espelho. A calvície avançava, a barriga crescera, os cabelos brancos no peito arrancavam das raízes sentimentos profundos. O coração palpitou. As rugas simbolizavam a ampulheta do tempo a sinalizar os caminhos traçados em direção ao fim, o pênis acentuara sua pequenez diante da vida fugaz.

Concluíra que o espelho não enganava, ao contrário, ia fundo, era lente de aumento a refletir os desenganos. "Ao duplicar o número de homens, multiplica o desgosto, a indiferença, a insensatez, a desilusão". Abaixou-se, enfiou a mão no bolso da calça, que se encontrava no chão, apagou a luz do quarto, voltou para diante do espelho e acendeu um isqueiro. Viu diante de si o monstro de Borges. Não viu a saudade, porém a sentiu duplicada. Tremia por dentro, como no dia do enterro da esposa. Não suportava a ausência da mulher. E temia o inevitável. Sabia que era uma aeronave sem conserto, manutenção quase impossível, máquina cujos motores silenciariam em breve. Cerrou o punho, socou o monstro, a vista escureceu, estatelou-se no chão. Os cacos de vidro machucaram menos que a imagem refletida no espelho.

A cabeça das botas negras

O jogo do pé sem cabeça

Um dos meus maiores prazeres em Paris era ler no metrô. Isso na época em que estudava na Sorbonne. E já faz alguns anos. Morava em Batignolles e, durante o percurso até o bulevar Saint Michel, devorava algumas páginas. Sempre que possível, sentava-me no banco ao lado da porta.

Nesses momentos, também gostava de acompanhar o ir e vir dos personagens do metrô. Sob a moldura formada pelo livro aberto, acompanhava os pés dos passageiros a entrarem no vagão, numa leitura dividida entre a ficção e a realidade. Divertia-me ao observar os variados pares de calçados e imaginar a fisionomia dos seus donos, uma brincadeira a que dei o nome de "pé sem cabeça". Quase nunca conseguia encaixar as peças, ora porque esbarrava em preconceitos deliberados do meu inconsciente, ora porque não compreendia o senso estético dos donos daqueles pés.

Chamou-me a atenção, certa vez, um par de botas negras diante de mim. "Mulher, trinta e poucos anos, cabelos pretos, lábios carnudos bem-passados e pele morena", pensei. Dissimulado, porque em Paris há um jogo silencioso em que as pessoas se observam com cautela para não se deixarem ser pegas em flagrante delito, ergui vagarosamente os olhos por cima do livro para desnudar a dona daquelas botas. Meu olhar escalou os botões do sobretudo. Qual não foi minha surpresa ao constatar uma jovem de seus vinte e poucos anos, com características nórdicas, cabelos dourados, lábios delgados e olhos azuis – e, o pior, congelados na minha direção. Fiquei desconcertado naqueles poucos segundos em que ela deu um leve sorriso antes de virar o rosto para a janela. Baixei os olhos e mergulhei nas páginas do livro, com o pensamento a decifrar as razões da delicadeza do gesto silencioso.

Aquela brincadeira acabara, mas me transportou para outro jogo, o da memória. Ao mesmo tempo em que aquele sorriso acendeu dentro de mim a vontade de me aproximar, ser surpreendido daquela forma teve o efeito de me conduzir de volta à infância, quando minha mãe flagrou e censurou minha primeira grande conquista, um desastre para uma criança de oito anos.

A primeira amante

Morava em Belo Horizonte, no bairro Luxemburgo, num edifício de dez andares. Sob os alicerces do prédio, construído sobre uma encosta de morro, com seis andares abaixo do nível da rua, ficava a sala da zeladora, administrada, naquela época, pela dona Antônia. Ali, com mais dois comparsas mirins, decidimos entrar pelo basculante da janela lateral, que dava para um lote vago recheado de pés de mamona. A expedição despretensiosa ganhou dimensão de aventura porque buscávamos um tesouro. Cruzaríamos a fronteira do proibido. Sabíamos que Antônia, responsável pelo recolhimento de jornais e revistas velhas, descartados pelos moradores, depositava as publicações naquele quartinho. Incitado a ser o primeiro a entrar, atravessei o basculante aberto e desci apoiado numa mesa disposta ao lado da janela. Nenhum dos dois se dispôs a entrar antes que eu sinalizasse a existência do que procurávamos.

Não perdi tempo. O cômodo, pequeno, recebia luz natural. Uma pilha de jornais e revistas encontrava-se do outro lado, junto a caixas de papelão dobradas. Tomei cuidado para não fazer barulho. Meu coração batia forte. Edições do Estado de Minas e do Jornal de Casa dividiam espaço com exemplares das revistas Veja, Manchete, Fatos & Fotos e das que perseguíamos, a Playboy.

Fiquei fascinado quando me deparei com aquelas mulheres formidáveis nas capas, especialmente uma garota pela qual me apaixonei e já conhecia da novela Dancin' Days. Era Lídia Brondi. Vestia uma malha azul sob um short dourado, bem justo ao corpo. O bumbum saliente escapava da roupa. Peguei mais duas revistas para sair logo dali. Não me recordo das capas. Quando caminhava para a janela, fui surpreendido por dona Antônia, que destrancou e abriu a porta mais rapidamente do que minha capacidade de reação.

– Quê que você tá fazendo aí, menino?

– Na... nada não.

Dona Antônia viu o basculante entreaberto, olhou para o lado, constatou a pilha de revistas remexida, reparou no volume debaixo da minha camisa e, com voz serena, foi ela quem deu explicações.

– Essas revistas dão um bom dinheirinho, meu filho. Ajudam a pagar as despesas do mês.

Embora mais tranqüilo diante da reação de dona Antônia, não mostrei a ela o que tinha furtado. Por vergonha. Minha reação imediata foi propor uma oferta irrecusável. Poderia trazer-lhe uma dúzia de publicações. Meu pai assinava Veja e ainda tínhamos umas duas dezenas de revistas O Cruzeiro. Minha mãe não via a hora de se desfazer delas.

Ao sair, reparti as revistas com os vizinhos, menos a da Lídia Brondi, guardada debaixo da cama, entre o colchão e o estrado.

Durante meses mantivemos essa relação secreta, silenciosa, platônica. Eu e Lídia Brondi. Dedicava algumas horas diárias à minha primeira musa da infância. Não fazia qualquer exigência. Aliás, não havia exigências a fazer, ela já me dera o que precisava, a oportunidade de conhecê-la por inteiro.

É curioso o que se passa na cabeça de uma criança. Embora tivesse nas mãos aquela beldade, tinha tanto carinho por ela que não conseguia entender o que a motivava a tirar a roupa para tantas pessoas. Ainda não tinha muito o valor do dinheiro, mas a certeza de que, se um dia tivesse uma Lídia Brondi só para mim, não a deixaria ficar nua para ninguém.

E vivíamos assim, eu e Lídia Brondi, nesses diálogos, sonhos e pensamentos mudos, até o dia em que minha mãe descobriu: eu me relacionava com uma mulher. "Um absurdo!", "Onde conseguiu isso?", "Você só tem oito anos!". Pressionado, acabei contando toda a história. Sobrou para dona Antônia, a quem traí para salvar minha pele e com quem minha mãe só não foi "às vias de fato" porque seu Amauri, o porteiro, evitou o pior. De vergonha, nunca mais olhei nos olhos de Antônia. Quando a via, desviava o caminho. Chorei dias e dias após ver minha mãe transformar Lídia Brondi em papel picado, tão cruel quanto o destino que ela teve, o lixo.

Na estação

Arrisquei mais uma espiada à cabeça das botas negras. Ainda olhava para a janela, mas quando iniciou movimento em minha direção, desviei os olhos. Constatei, no reflexo do vidro, do outro lado do vagão, que ela mirava para mim. Tive a certeza de que rolara uma certa afinidade entre nós. Arquitetava a abordagem a ser feita. Retardaria minha ida ao curso para acompanhá-la onde quer que fosse. Me aproximaria tão logo saltasse. Essa, no entanto, foi a forma simplista de ensaiar as possibilidades. Já não era uma criança de oito anos, disposta a experimentações e aventuras, mas um adulto nascido em uma família tradicional, formado numa instituição jesuíta e colecionador de incontáveis abordagens frustradas, quase um tímido profissional.

Ainda na infância, apaixonei-me pela professora de violão, que um dia prometera se casar comigo quando eu crescesse. A condição me pareceu simples. Bastava ser um aluno aplicado na música. Saiu da minha vida sem deixar vestígio. Na adolescência, contabilizei inúmeros foras nas festinhas de aniversário da escola. Durante uma viagem à Cidade da Criança, em São Bernardo do Campo, me enamorei de Fernanda, carioca que morava em Três Rios. Só nos revelamos um ao outro bem depois, por meio de cartas. Por timidez. Já era tarde, nosso relacionamento não resistiu à quarta correspondência trocada.

Em outra viagem, de São Thomé das Letras a São Lourenço, conheci no ônibus uma branquinha de cabelos pretos ondulados e sardas no rosto, divertidíssima e bem-humorada. Com o frio cortante do Sul de Minas, nos aconchegamos instintivamente para nos aquecer. Emprestei-lhe uma blusa de frio. Trocamos beijos e carícias por algumas horas, até que minha consciência, meio esquentada, precipitou-se e falou alto. Alguém me esperava em Belo Horizonte, nada certo, ainda uma possibilidade. Mas a branquinha de cabelos pretos ondulados e sardas no rosto esfriou.

A jovem das botas negras no metrô de Paris me fez relembrar essas malsucedidas histórias. As bem-sucedidas não entraram no palco. Claro que havia lembranças de relacionamentos com desfechos felizes, mas tímidos como eu costumam se referenciar nos fracassos para não se expor a riscos. Às vezes, tenho a sensação de que os melhores romances e as paixões mais explosivas dos tímidos são as não realizadas. Ficaram restritas à imaginação, confinadas pela atitude não tomada.

Voltei a olhar para o rosto das botas negras, que novamente interceptaram minhas intenções. Olhou-me fixamente. Não tirei os olhos dela. Um frio correu a espinha. Ela sorriu novamente, abaixou a cabeça e abriu a bolsa. Por instantes, pensei que retiraria dali um cartão ou um papel para anotar um número de telefone. Não me mexi, não consegui. Percebi um movimento de quem se preparava para sair. Fiquei na espreita. De súbito, tirou um pirulito de dentro da bolsa. Seria provocação ou consentimento explícito para uma abordagem? Desembrulhou o pirulito e pôs na boca. O metrô reduziu a velocidade, a estação se aproximava. Ela se levantou. Vou ou fico? Se quisesse trazer aquela mulher para o mundo real, o momento era agora. A porta do vagão se abriu, ela saiu, seguida por meia dúzia de passageiros. As botas negras seguiram o rumo ditado pela cabeça. Não consegui me mover. As portas do metrô se fecharam como se fossem cortinas após o encerramento de mais um espetáculo.

Triângulo quadrangular

Fogo de artifício

As duas cambaleavam na entrada do quarto, os saltos bêbados descansavam nas mãos. Cíntia se esforçava para suportar o peso de Renata nos ombros, até que, meio sem jeito, jogou a amiga na cama. O quarto estava parcialmente escuro, iluminado apenas por um filete de luz natural que invadia o ambiente por uma fresta. Era noite de lua cheia. Eu simulava dormir, chegara meia hora antes e acompanhava a cena com os olhos semicerrados. Cíntia, descalça, começou a se despir, desabotoou o vestido e deixou a roupa escorregar. Ela estava de costas para mim, só de meia-calça, abriu o armário e parecia procurar algo; remexeu gavetas, revirou coisas no fundo do armário, até que decidiu acender a luz. Naquele momento, fingi acordar e, para minha surpresa, sem qualquer traço de vergonha, ela sorriu ao me ver desperto, caminhou em minha direção, retirou o lençol e deitou por cima do meu corpo para me desejar feliz ano novo.

— Você voltou mais cedo.
— Tava com sono — respondi.
— Não parece, você tá tão acordado.

O abraço me excitou tanto que, após envolvê-la nos braços, comecei, ofegante, a rasgar a meia-calça, até ser interrompido.

— Ei! Pera um pouquinho.
— Quê que foi?
— Tira a roupa da Renata.
— Quê? Você ficou louca? Se ela acordar, tô ferrado.
— Com quase duas garrafas de vodca na cabeça não tem perigo. Vem cá, me ajuda a dar banho nela. Molhada assim ela pode pegar uma pneumonia.

Cíntia se levantou e retirou do guarda-roupa uma camiseta.

— Toma. Põe nela depois do banho — disse Cíntia. — Tira a roupa dela, tô te esperando no banheiro.

Quando virei a Renata de frente, ela estava toda suja de areia. A roupa cheirava a cachaça e cigarro.

— Traz ela aqui! — gritou Cíntia, que ligara o chuveiro.

Após me desvencilhar da roupa, peguei a Renata no colo. A situação foi constrangedora para mim, nós três alimentávamos uma amizade de longos anos, não era a primeira vez que viajávamos juntos. Naquele ano, alugamos um pequeno apartamento na praia para passarmos o *reveillon*. Achava as duas muito bonitas, mas éramos apenas grandes amigos. Nunca tivéramos qualquer intimidade daquele tipo. Numa madrugada de ano novo, no entanto, lá estava eu, debaixo do chuveiro, ajudando a Cíntia a dar banho na Renata. A cueca não teve como esconder o que sentia diante das duas. Cíntia enxugou a Renata, sonolenta, arqueada sobre os meus braços; fiquei com a missão de vesti-la e colocá-la na cama.

– Te espero na banheira pra gente terminar a nossa conversa – provocou Cíntia, maliciosa.

É claro que voltei. No entanto, me casei foi com a Renata, que já gostava de mim, mesmo antes de saber de toda a atenção dispensada naquela noite. Quanto ao ocorrido depois na banheira, guardei segredo. A Cíntia também não deve ter contado nada.

Proposta

Renata, circunspecta, trancou a porta. Os ombros caídos, os movimentos desanimados, a fisionomia abatida.

– Quê que ele disse?

– Que não posso ter filhos. E talvez tenham que extrair o útero – desabafou Renata, chorosa.

Aquilo partiu meu coração, era o atestado de óbito entregue ao sonho da Renata. O mundo ruíra para ela. Tentei amenizar a situação com um abraço cúmplice que revelou minha piedade. Choramos juntos.

– A gente pode adotar um menino. Por que não tentamos?

Ela permaneceu calada. Recostei a cabeça dela no meu colo. Renata parecia mergulhar dentro de si em busca de respostas, acariciou distraidamente minha perna, o olhar distante mirava o porta-retrato sobre a mesinha da sala. A foto registrava uma de nossas viagens a três. Eu estava no meio, abraçado pela Renata e pela Cíntia. Ficamos imóveis por alguns minutos, até Renata volver o tronco. Sentada, acariciou meu rosto e atravessou meu olhar de compaixão com uma fitada decidida.

— Ainda tem um jeito.

— Já conversamos sobre isso, Renata. Talvez não tenhamos cabeça pra encarar a situação.

— Consegui a mãe.

— É muito arriscado, Renata. Muitas mulheres se apegam tanto à criança que depois fica difícil de...

— A Cíntia.

— Quê?

— Ela é a pessoa certa, nós nos conhecemos há tanto tempo, somos praticamente irmãs. E ela tem o biotipo ideal.

— Você ficou louca, Renata? Isso pode estragar uma amizade de anos!

— Puta merda, que falta de sensibilidade! Você tem idéia da situação que tô passando? Não posso ter filho, ouviu? Isso é loucura?

Meu coração quase se rompeu. Fiquei confuso, o peito inchado, bombardeado por uma overdose de nostalgia, excitação e um repulsivo sentimento de culpa. Após tantos anos, as cenas daquele *reveillon* voltaram à lembrança. Depois de breve silêncio, retomei a conversa num tom apaziguador.

— Tem certeza que é isso que você quer, Renata?

— Tenho.

— Não quer pensar melhor? Esfria a cabeça e depois a gente conversa.

– Tá resolvido.

– Então tá bom, amanhã a gente vai ao doutor Gervásio e vê como vai ser a inseminação artificial.

– Quem falou de inseminação artificial?

– Uai, que eu saiba é a única maneira, a menos que...

– A menos que você faça o óbvio, produção natural...

– Você tem idéia do que tá me propondo, Renata?

– E você tem idéia do que é não poder ter filho?

– É diferente, Renata.

– Não vejo nenhuma diferença.

– Imagine que eu transe com ela e...

– E o quê?

– E você fique com ciúmes, magoada ou depois se arrependa.

– Deixa de ser cretino, Marcelo! Você é que tá incomodado porque sempre quis transar com a Cíntia e não tem coragem de admitir. Mas não se preocupa, não me importo nem um pouco. É até bom, assim você faz essa criança com muito tesão...

– Quê que isso, Renata?

– Agora vai fugir da raia? Eu sei que você sempre sentiu atração pela Cíntia. Tô te oferecendo a possibilidade de realizar o seu desejo e o meu sonho de ter um filho. Você vai me negar isso no momento em que mais preciso?

Meu rosto corou, pensava que a proposta era conseqüência do desespero da Renata. Percebi que ela estava absolutamente convicta. Fui forçado a aceitar uma proposta, na verdade, sem esforço nenhum.

Porém, me senti pequeno diante da Renata. Para suportar a frustração, ela se tornou uma mulher firme e com uma coragem proporcional ao tamanho do sonho. Se a situação fosse contrária, fraquejaria, jamais faria esse tipo de oferta. Imagina se eu aceitaria a Renata transar com meu melhor amigo para produzir um filho? Não teria cabeça para isso.

– No próximo fim de semana, a Cíntia vem pra cá – comunicou Renata.

Não tinha idéia do que era transar com outra mulher dessa forma, após receber uma carta de recomendação-intimação assinada pela minha esposa. A Cíntia não só foi lá para casa no fim de semana como passou a morar conosco. O convite partiu da Renata. Ela queria acompanhar de perto a gestação do nosso filho.

A primeira noite de reprodutor foi logo no dia da chegada da Cíntia. Ao sair do banho, encontrei as duas na cama. Dá para imaginar a situação? Ela trajava uma camisola verde, parecia roupa de hospital. Recostara a cabeça no travesseiro, disposto sobre o colo da Renata, e mantinha uma toalha sobre os olhos. Não entendi o significado daquilo, mas respeitei. A luz do teto estava apagada. O quarto era iluminado apenas pela luz indireta de uma luminária fosforescente. Renata, com a mesma frieza proporcionada pelo ambiente, estabeleceu regras:

– Não vale beijo na boca nem carícias em excesso. Agora é só fazer a sua parte.

Broxei na hora, é claro. Renata percebeu que passara dos limites. Sentamos os três na cama, calados. Olhei para Renata como a indagar se ela tinha certeza do que estava fazendo. Sem dizer uma palavra,

Renata apagou a luz. No escuro, não houve limite para beijos e carícias, todos nos tocamos e nos beijamos como se fôssemos um único casal.

Os pais

A gravidez de Cíntia transcorreu bem, sem qualquer incidente que comprometesse a saúde do bebê. Só que as funções de cada um se inverteram. Algumas vezes, assumi a posição oficial de amante da Cíntia; a libido dela aumentou, e muito, durante a gravidez. Renata nem se importou e até me incentivou. Fui descobrir o motivo quase no último mês da gestação. Quando cheguei em casa, encontrei as duas trocando carícias na cama. Cheguei a pensar que a Renata se satisfazia mais daquela maneira. Não me senti no direito de fazer qualquer comentário ou demonstrar descontentamento.

Toninho nasceu forte e sadio, uma criança maravilhosa. Curiosamente, tem os olhos iguais aos do pai. Não os meus, mas os da Renata, que assumiu de vez a função. Herdou os lábios da Cíntia e o meu nariz adunco. Chorava algumas vezes à noite, deu pouco trabalho. Demandou presença de madrugada raras vezes, nada a ser resolvido por mim. As duas se revezavam para cuidar dele, nem fui cogitado para a empreitada.

Renata e Cíntia se envolveram por inteiro com o menino. Com pouco mais de um ano, Toninho se expressou de maneira tão espontânea quando Renata o pegou no colo que a depressão bateu na minha porta. Toninho a chamara de papá. Foi a gota d'água depois de meses excluído emocionalmente da família. Era esse o sentimento que carregava dentro de mim.

Confesso que, no início, minha auto-estima encontrava-se em alta. O melhor de tudo para mim era ter a possibilidade de transar com qualquer uma, sem que a outra ficasse magoada. Com o tempo, não foi bem assim, isso ocorreu até o oitavo mês de gravidez da Cíntia. Depois, principalmente após o nascimento do Toninho, fiquei sem as duas. Cíntia estava de resguardo e Renata recusou minhas investidas. Acabei ganhando mais uma mulher e um punhado de problemas. O garanhão aqui deixou a berlinda para se tornar um eunuco submisso às neuroses e cobranças inerentes a uma atípica relação a três. Imagine uma esposa reclamando das manias do marido, cobrando participação nas tarefas da casa e exigindo bons modos. "Você molhou o piso do banheiro!", "Você deixou o sapato jogado na sala!", "Tira esse sapato que tá manchando o piso que a Maria encerou!", "Quantas vezes já falei pra não deixar a tampa do vaso levantada!"... Agora multiplique essas cobranças por duas mulheres. O resultado é astronomicamente frustrante: deveres elevados ao quadrado e direitos reduzidos a zero.

O pior viria depois. A guilhotina foi acionada contraditoriamente no dia em que me vi livre da dor de cabeça de conviver com as duas. Cheguei em casa e não vi Renata, Cíntia e Toninho. Os armários estavam vazios. Em cima da cama, uma carta. Renata assumiu de vez a paternidade, agradeceu meu desempenho e dedicação diante do desafio que ela me propusera no ano anterior. Pediu desculpas pela partida inesperada, porém precisava realizar um antigo sonho ao lado de quem amava. Eu poderia ver Toninho futuramente, mas me pediu um tempo para a situação se acomodar. Elas resolveram, enfim, assumir a relação. Fui manipulado o tempo inteiro, a ponto de produzir uma criança para as duas se sentirem completas, realizadas. Elas perceberam que não precisavam mais de mim. O otário aqui achou que, apesar de tudo, estava no lucro por ter a possibilidade de conquistar espaço em dois corações e transar com duas mulheres quando quisesse. Como fui mesquinho. Me senti tão descartável como uma garrafa de refrigerante, vazia, lançada ao lixo, sem direito a reciclagem para voltar à vida.

Inicialmente, fiquei aliviado com a situação. No terceiro dia, o vazio tomou conta de mim. Preferia as duas em casa, mesmo com todos os problemas, a ser transformado em uma garrafa aterrada pelo esquecimento, engolida pela bactéria da saudade. Se o abandono de uma mulher provoca enormes estragos num homem, imagine duas. É como ficar sem coração, cada uma levou uma metade.

O jogador de xadrex

Praça Sete

O guarda civil 619 estava na linha Bonfim. O bonde acabara de cruzar a Praça Sete, quando saltou apressado. Momentos antes de chegar ao prédio do Campeão da Avenida, testemunhou o crime. Viu uma jovem mulher disparar quatro tiros de pistola contra um homem, com aparência de trinta anos, trajando um terno azul-marinho. O soldado desarmou a moça e apreendeu a Mauser da autora dos disparos, que tombou de joelhos no passeio. Em estado de choque, ela levou as mãos ao rosto e começou um choro convulsivo.

Eram duas e meia da tarde, os curiosos se aglomeraram em volta dos protagonistas da cena. Uma ambulância chegou ao local em poucos minutos, os médicos não tiveram tempo de prestar os primeiros socorros, o homem estava morto. Enquanto recolhiam o corpo, a assassina fora levada, numa viatura policial, para o 2º Distrito, na rua Tamoios.

– O homem molestou a mulher – especulou um rapaz.

– Era o marido e abandonou a moça – afirmou uma senhora.

– Eu vi, era uma larápia de luxo. Tentou roubar o homem, que saía da loteria – disse um garoto.

Sentado diante do tabuleiro de xadrez no quarteirão fechado da rua Rio de Janeiro, na Praça Sete, Álvaro contava a história para Eduardo. Naquele janeiro de 1938, ele dirigia-se à prefeitura, onde trabalhava, quando presenciou o momento em que Catharina, a farmacêutica de Rio Branco, encerrou, de maneira trágica, o romance com Ribeiro, bacharel em Direito. Mais atento à história, Eduardo, a cada peça perdida para o adversário no jogo de xadrez, tentava confundir, sem sucesso, o raciocínio do interlocutor com uma pergunta.

– Qual foi a causa?

– Motivo passional.

– Quê que o sujeito fez pra merecer o destino?

– Abusou da moça.

– Como?

– Abusou da paciência e da confiança. Fez promessas, juras de amor e sumiu.

– Isso não é motivo pra assassinato.

– Foi a maneira que ela encontrou pra apagar a vergonha.

– Mas qual foi a vergonha?

– Os dois namoravam há alguns anos, o bacharel conheceu a farmacêutica em um baile na cidade dela. Começaram a namorar e ficaram noivos. Ele seduziu Catharina e prometeu se casar com ela. Depois de um tempo, desapareceu. Por isso, ela veio a Belo Horizonte pra cobrar a dívida.

– O rapaz pagou caro, não?

– A farmacêutica ficou desesperada ao descobrir que o noivo, além de casado, possuía uma filha e outras noivas... Xeque-mate!...

Partida encerrada, Eduardo entrou em sintonia novamente com o ano de 2001. Assim que Álvaro terminou a narrativa, despediu-se e decidiu caminhar pela Afonso Pena até o Parque Municipal. Era domingo de manhã, dia de feira, a avenida artesã esculpia, uma vez mais, um espaço de inúmeras cores, cheiros, sabores e gente, muita gente, de vários cantos do país. Era a primeira vez que Eduardo caminhava ali após a extração de um tumor. Um momento antes de seguir em direção ao parque, olhou de longe para o lugar onde ocorrera, há mais de sessenta anos, o crime passional, adormecido em um passeio, agora palco, apenas, para a percussão do berimbau e dos gingados de capoeira do mestre Mão Branca. Deu meia volta e observou, no alto do edifício Clemente Faria, ainda na Praça Sete, duas serpentes gigantes fixadas na fachada. A imagem simbolizou para ele o instinto e a razão, sutis guardiãs de quem passava por ali com a objetividade do chip de um computador, o sentimento de uma mosca, os passos bêbados de bezerro recém-nascido, a malandragem de um gato de estômago vazio ou a emoção revelada no suor de duas mãos entrelaçadas.

Um pouco adiante, cruzou a rua Tamoios com a mirada fixa nos índios do edifício Acaiaca, dois xerifes atentos aos movimentos da cidade, sem poderes, no entanto, para ordenar diligências ou dar voz de prisão. Justo nesta rua, do lado oposto à avenida e uns trezentos metros acima, funcionou o 2º Distrito. Lembrou-se da história de Álvaro. Agora que o jogo de xadrez se encerrara, deteve-se com detalhes naquele crime. Um dia, uma farmacêutica caiu na lábia de um bacharel de Direito da capital e cedeu aos caprichos do instinto e do coração partido, um crime banal para os tempos de hoje, mas não para uma pacata Belo Horizonte da década de trinta. Ao se sentir ferida nos valores mais íntimos, tentou eliminar a vergonha de dentro de si matando o amante de honra duvidosa.

Na prisão, enquanto aguardava o julgamento, a mulher, aliviada, arrependida, abatida, humilhada, resignada, melancólica, avessa ao mundo, impotente, consternada, enfim, em meio a um turbilhão de sentimentos confusos, descobrira a sombria gravidez. "Catharina certamente ficou abalada com o vínculo a um homem que a fizera sofrer e já não existia mais". Toda essa história, contada por Álvaro, fora narrada dia a dia pelos jornais da época. Sem se dar conta de a partir de qual momento, Eduardo viu a própria vida transferida para um tabuleiro de xadrez. Enquanto Catharina, decidida, dera um fim ao rei que a subestimara, Eduardo ainda era um jogador apático, perdera a majestade e há muitos anos não comia a própria rainha. Perdeu o interesse. E o que era pior, tinha plena consciência das jogadas da esposa no campo adversário, a se esbaldar com peões, bispos e cavalos alheios, sem pudor. E Eduardo não movimentava qualquer peça para impedir as jogadas.

– Colabore com ajuda pra ela, não anda e não fala, qualquer quantidade serve! – gritava uma senhora sentada no passeio ao lado de uma adolescente de boca entreaberta e olhos esbugalhados. Eduardo olhou para as duas involuntariamente e não se sentiu sensibilizado. A história de Catharina o absorvia. – Deus te dê saúde à família, vai com Deus – agradeceu a mulher a um rapaz que depositara moedas numa lata de biscoito.

A farmacêutica deixou o cárcere para dar luz à criança e voltou para a prisão, onde aguardaria a decisão da justiça. A população, emocionada, acompanhava o desenrolar do processo. No dia do julgamento, muitas pessoas foram ao tribunal para apoiar a mulher, absolvida do crime.

Ao atravessar a rua da Bahia, Eduardo entrou na feira. Sentiu o cheiro dos tradicionais salgados da lanchonete da esquina. O estômago resistiu e as pernas tomaram outro rumo. Seguiu pelo canteiro central da Afonso Pena. Em uma das barracas de artesanato, viu quadros de areia que compunham formas coloridas. Do espelho de uma tenda, viu o reflexo de um vendedor ambulante.

– É o agulheiro com trinta agulhas! Trinta agulhas é um real!

Fitou, curioso, as mulheres com aparência de sessenta e poucos anos. Qualquer uma delas poderia ser a filha de Catharina, se ainda estivesse viva e na feira naquele momento, probabilidade considerada remota. "Como esse crime afetou a vida dessa criança?" A imagem da farmacêutica tombando ao chão após atirar no amante voltou à cabeça. "Será que ela conseguiu superar o sentimento de culpa após sair da prisão?" Por um instante, Eduardo não quis admitir: fora um jogador pior que Catharina. Teve medo de jogar. As peças permaneciam paradas no tabuleiro. Tombado estava ele até hoje diante da vida. Trinta e cinco anos de matrimônio, dois filhos, ambos casados, três netos, vida confortável, apartamento de bom padrão muito bem-localizado na cidade. "E daí?".

Em frente à prefeitura, olhou de longe os três homens com as pilastras nas costas na fachada do prédio. A imagem lhe causou uma impressão barroca, pareciam os anjos da Santíssima Trindade a levar o templo do povo nas costas, difícil missão para satisfazer uma multidão de personalidades distintas. Catharina também carregou nas costas o próprio templo, o peso proporcional à resolução tomada. E Eduardo sentiu o peso de não ter corrido o risco de tomar a decisão de avançar sobre o tabuleiro para dar respostas aos sentimentos. Não soube avaliar se sua vida foi melhor ou pior que a de Catharina. Simplesmente porque não conseguiu dizer para si mesmo se viveu. Casou porque pensou ser esse o caminho natural de um homem. E a noiva foi a melhor que teve capacidade de conquistar até então. Fez filhos porque... Não soube o porquê. Na verdade, transou, gozou e a esposa engravidou. Da primeira vez, a tabelinha pregou uma peça, da segunda, a mulher esquecera de tomar o anticoncepcional. Ela confessara a ele alguns meses depois. Nunca tiveram afinidades suficientes para estarem casados há tanto tempo.

Eduardo não se arrependeu de fazer filhos, pelo contrário, foi um dos poucos prazeres proporcionados pela família constituída. O maior pesar foi não assumir a relação com a única mulher que realmente amou. Estava casado havia uns dez anos quando conheceu Lúcia, uma paixão avassaladora. Teve medo de seguir novo rumo, os filhos estavam pequenos, a vida constituída, estável. Pensou ser torre, passar por cima de tudo e todos para tomar outra direção. Desistiu, recuou e deixou para traz uma Catharina a quem também fez promessas e não honrou. Nesse instante, sentiu-se qual peão, um plebeu sem vontade, amansador de cavalos, burros e bestas envelhecidos, sem brilho nos olhos, sem sentido. "Não teria sido melhor se...?"

Julgamento

Eduardo caminhou na diagonal e seguiu até o parque, onde violeiro e sanfoneiro cortejavam com as canções da roça cada um que cruzava o portão da entrada principal. A dupla era admirada por um bêbado, agarrado a uma garrafa de cachaça. Ao entrar, Eduardo sentiu o cheiro da infância emanado pelo carrinho do pipoqueiro, o mesmo odor das matinais nos cines Acaiaca, Jacques, Metrópole e Paladium. A sensibilidade pareceu vir à tona, pela primeira vez prestou atenção nos detalhes do parque. Entrou solene, viu o trenzinho Chimbica subir a alameda do Pau Rei, desceu pela direita e quase foi ferido por jovens guerreiros, duas crianças com espetos de churrasquinho no lugar das espadas. Deixou para trás os espadachins, inclinou a cabeça para trás e observou o topo das árvores. Desceu a alameda das Palmeiras e seguiu por uma trilha em direção à alameda dos Guapuruvus, cercada de castanheiras, ipês, seringueiras, araticuns, pinus elioti, pau-brasil e jatobás.

Na alameda das Paineiras, reteve o olhar numa árvore centenária cuja sombra abrigava outras pessoas em busca de refúgio, um velho com olhar distante, um homem de bigode emprumado, uma mulher absorvida pela leitura de um livro, um pai atento ao filho sobre a bicicleta e uma senhora folheando jornal. Um casal de namorados mirava o Lago do Quiosque, onde a estátua de uma figura feminina, nua, dividia a atenção do visitante com os patos e peixes.

Seguiu para a margem esquerda da alameda e sentou-se no banco próximo a uma casuarina. Eduardo continuou as abstrações sobre a farmacêutica. Catharina certamente sofreu com a contradição da vida imposta a si mesma. Matou o homem que amava, porém a desprezava, uma sombra para o resto da vida incorporada nas feições e nos gestos da filha. Eduardo viu um bem-te-vi pousar na casuarina e retomar o vôo. Imaginou-se um pássaro. Para onde iria nesse instante se pudesse? Tentaria recuperar o tempo perdido e encontrar a Catharina que abandonou? No fundo, tinha a certeza de que nunca seria um pássaro, era mais coerente ser uma árvore, naquele instante enraizada de reflexões sobre a vida. Jamais conseguiria sair do lugar. Foram muitos anos sem exercitar movimentos próprios.

Lembrou-se dos pais, mortos havia muito tempo. Seguindo o raciocínio criado há pouco, o pai, idealista, amante do conhecimento e da aventura, seria uma ave migratória. A mãe, exótica, excêntrica e apaixonada pela água de colônia, uma orquídea – a rainha das plantas perfumadas de Confucio –, ou uma bromélia saxícola da Serra do Mar.

O momento simbólico mereceu um raciocínio atento. Estava livre das manipulações da próstata, embora Eduardo não escondesse a desconfiança. Extraíra o tumor menos de um ano antes. A ausência de sinais poderia ser artimanha do inimigo emboscado para pegá-lo desprevenido. Talvez por isso estivesse sensível, repensava a sua vida, o casamento. Eduardo sabia que naquele momento encontrava-se desarmado para a próxima batalha. Mesmo assim queria jogar o próprio xadrez, mover alguma peça que fosse, ainda havia tempo. "Ou não?" O pavio encurtava, peões, cavalos, torres e bispos permaneciam imóveis. O rei sinalizava um movimento lateral em direção à casa da verdadeira rainha, ausente do jogo antes do começo por culpa dele. Reconheceu ter melhor sorte que o bacharel de Direito ao abandonar uma Catharina. Estava aparentemente vivo. No entanto, também cometera um crime. Enterrou a sua vida e a da mulher num casamento de sinceridade efêmera, habituado a uma farsa de desentendimentos e mágoa. O crime da farmacêutica o levou ao tribunal da própria consciência. Reconheceu que o pior do jogo de xadrez não é mexer a peça errada, mas deixar de fazer qualquer movimento em direção ao outro lado. Esperava a sentença para o crime cometido.

A vizinha do 301

Carro prateado

Mulher de pouca conversa, estatura mediana, cabelos castanhos claros, lisos e corte chanel. Saía de casa no final da manhã e retornava no meio da tarde. A pele tinha a cor da castidade. Beleza natural, espontânea, batom discreto, rosto de poucas rugas, conservava olhos castanhos de brilho ambíguo.

Morava, havia cerca de dez anos, sozinha, no bairro Santo Antônio, no terceiro andar de um prédio de oitenta apartamentos, de ampla fachada e corredores extensos. Consumia a maior parte do tempo em casa, ausentava-se de carro quatro horas diárias, do final da manhã até o meio da tarde. Ao retornar, colocava a malha para manter a moldura na academia. Aos finais de semana, costumava se isolar do mundo, sumia da redondeza.

O carro prateado revelava os movimentos da mulher, observados com atenção por Herculano, vizinho no 305, antropólogo de meia idade há poucos meses naquele apartamento. Olhos escuros, cabelos pretos, constituição rústica, pouco mais alto que a vizinha, não era bonito, embora fosse considerado um homem charmoso pelas mulheres da faculdade, alunas e colegas de trabalho. Não se considerava um *voyeur* e sim um atento observador do espaço e do comportamento alheio. De hábitos calculados, dividia o tempo entre o trabalho na universidade, as leituras regulares, visitas a familiares e os acordes do violão.

Naquela segunda-feira, o vizinho estacionou o carro na vaga próxima à portaria para arrumar as compras no carrinho de supermercado. Ainda sustentava as sacolas nos dedos, quando viu a vizinha uma vez mais. A mulher parou cinco vagas ao lado, trancou o carro prateado e caminhou até a portaria. Durante o breve percurso, olhou com displicência para o antropólogo, que, sem disfarçar o interesse e ainda com as sacolas na mão, virou o rosto para corresponder ao breve olhar.

– Olá! – balbuciou o vizinho.

A mulher não correspondeu e entrou no prédio. "Não me viu". Os olhos e os traços dela ficaram gravados no pensamento do antropólogo. "Maravilhosa". Foi a primeira oportunidade de vê-la tão próxima. Da sua janela, observou diversas vezes as saídas e chegadas do carro prateado no estacionamento descoberto. Cada apartamento dispunha apenas de uma vaga, com o número pintado no chão. A vizinha sempre estava sozinha. Uma única vez a viu deixar o prédio acompanhada de outra mulher. Em outras ocasiões, durante a ausência do porteiro da guarita, investigou a caixa de correspondência do 301. Cartas destinadas somente à vizinha. Depois de encher o carrinho, trancou o veículo e seguiu até o átrio do edifício. Cumprimentou o porteiro no caminho.

– Tem alguma coisa pra mim?

– Tem, sim, senhor.

Quis fazer perguntas sobre a vizinha do 301, não se permitiu revelar as intenções a um estranho. "Que intenções?". Ele encontrava-se desimpedido, aquela mulher de traços interessantes estava aparentemente só. Queria se aproximar de alguma forma, por enquanto estudava o terreno. Herculano pegou as correspondências e subiu com as compras.

Durante dois dias não encontrou mais a vizinha, apenas o carro na garagem. A cada dia, pensava a melhor forma de se aproximar da mulher. Primeiro, pensou em ligar pelo interfone, inventar um pretexto e convidá-la para jantar. Ensaiou frases, testou a melhor entonação de voz, decorou palavras e, por fim, desistiu. Concluiu ser uma maneira excessivamente patética. A distância entre os dois era superior aos dez metros que separavam as duas portas. Exercitou, porém, a capacidade de abstração. "Ela gosta de peixe, carne de boi, de frango? E se ela for vegetariana? Ou se é daquelas mulheres que sempre estão de regime? Será que ela bebe vinho?" A situação serviu para lembrar-se da adolescência e dos conselhos da avó. "Nunca convide uma moça pra jantar ou ir ao cinema na primeira vez. No restaurante, os gestos e as maneiras de se comportar mostram muito de uma pessoa, intimidades às vezes imperceptíveis para um desatento, mas que podem ser reveladoras demais para o primeiro encontro. E o escurinho do cinema pode assustar, no primeiro momento, uma moça de família".

Nada além

Em meio a recordações, o antropólogo lembrou-se das artimanhas durante a juventude para tentar se aproximar de outras mulheres. Com os amigos, participou de serestas nas madrugadas de sábado. Não só surpreendiam as namoradas como se arriscavam a conquistar uma garota desejada por alguém da turma. Cantavam, ofereciam flores e seguiam a jornada noite adentro. O grupo arrancou lágrimas, consolidou relações e amaciou corações, iniciativas favoráveis a futuras conquistas. Herculano riu ao se lembrar dos incidentes durante aquela época, dois deles em especial. O primeiro ocorreu na casa da Glorinha, amor platônico do Irineu. Nunca soube se por insensibilidade gratuita, mas, na primeira canção, "Nada Além", o pai dela, um militar de poucos amigos, saiu enfurecido, dando tiros para o ar e mandando todos dispersarem. O segundo foi sob a varanda da Natália, namorada do Jorge. Estavam para lá da terceira música quando, no meio de "Eu Sonhei que Tu Estavas Tão Linda", jogaram um balde de líquido suspeito e malcheiroso do último andar. "– Enfiam a rosa no botão!", gritou uma sombra da janela. O Jorge, possesso, xingou todos os impropérios lembrados e quis subir para tomar satisfação. Contido pelo restante do grupo, cedeu. A seresta daquela madrugada encerrou ali, menos pelo incidente do que pela hora avançada.

 Herculano também gostava das festas juninas do colégio, aguardadas com ansiedade por causa das paqueras proporcionadas pelos correios-elegantes. Chegou a namorar uma das garotas com quem trocou mensagens. Aquele também era um mês de junho. Por um momento, o vizinho imaginou colocar por debaixo da porta da vizinha ou no pára-brisa do carro alguns torpedos. Constatou não ter idade para isso e se deu conta, uma vez mais, do ridículo da situação, mesmo que ninguém o visse colocando as mensagens.

No dia seguinte, ao voltar a pé da padaria, viu a vizinha subir a rua poucos metros adiante, de malha de ginástica, sustentando sacolas de compras nas mãos. Apressou a caminhada e aproximou-se da mulher.

– Boa tarde!

Em resposta, a vizinha fez apenas um breve movimento com a cabeça.

– Deve tá pesado, eu ajudo.

– Não, não, obrigada! Dou conta sozinha.

O antropólogo, sem graça, acelerou o passo para não ser obrigado a suportar o constrangimento ao lado da vizinha. Entrou no prédio e chamou o elevador, parado no último andar. "Bonita, gostosa, mas metida a auto-suficiente". Enquanto esperava, a vizinha parou ao lado, ele sinalizou um sorriso desconcertado. O elevador chegou, Herculano abriu a porta e deixou a mulher entrar primeiro. Subiram em silêncio, um ao lado do outro. A mulher encostou-se na lateral e fixou o olhar no centro da porta; ele mirou, alternadamente, o painel, o teto e o piso do elevador. Assim que chegaram ao terceiro andar, a vizinha empurrou a porta com o tronco, Herculano olhou para as pernas e para a bunda da mulher. "Mas é gostosa pra cacete", expressou em silêncio. Os dois seguiram sentidos opostos, ela à esquerda, ele à direita. Virou-se e arriscou olhar o traseiro da mulher outra vez, depois seguiu sem observar os últimos movimentos da vizinha e entrou no apartamento.

Depois de uma noite maldormida, Herculano deixava o apartamento quando uma mulher saiu desnorteada do 301. Correu na sua direção em busca de socorro.

— Moço, corre aqui! Me ajuda pelo amor de Deus!

O antropólogo se dirigiu ao 301. Entrou no apartamento visivelmente perturbado. Foi arrastado pelo braço até o quarto. Estremeceu. A vizinha, com um roupão branco, estava deitada sobre a cama com as pernas para a cabeceira. A cabeça, reclinada, buscava refúgio no chão.

— Faz alguma coisa!

A mulher batia no rosto da vizinha, tentando despertá-la. O desespero e os movimentos bruscos dela o desnortearam ainda mais. Ele se aproximou e segurou o pulso da vizinha. Não havia mais o que fazer. A mulher chorou desesperada ao pé da cama. Ao lado do corpo, havia uma garrafa de uísque pela metade e um frasco vazio de barbitúricos. O antropólogo olhou intrigado para a mulher ao lado da cama. Reconheceu a fisionomia. Certa vez, ela entrou no carro prateado ao deixar o prédio com a vizinha. "Mas quem é ela? Como entrou aqui?" Soube depois que se tratava da irmã. Para Herculano, a vizinha significava vida, para a vizinha, a vida só fez sentido ao se alimentar da morte. Herculano não sabia se naquela noite os deuses chorariam estrelas de diamante, entristecidos pela falta de fé de quem interrompera a caminhada. Emocionou-se e liberou dois fios de lágrimas para uma escalada pelo rosto. Fora ludibriado pelo tempo.

O retrato da dama

Pont Neuf

Contemplativo, Ari deixou o Arco do Triunfo e desceu a Champs-Élysées. Eufórico, viu Santos Dumont alçar vôo a bordo do 14-Bis. Enquanto os pés desvirginavam a calçada úmida, os olhos extasiados aterrissavam nas vitrines, admiravam rostos diversos, visitavam os cafés e percorriam a avenida mais famosa de Paris quadro a quadro, um mundo até então confidenciado ao professor de francês pelos livros. Há uma semana na cidade, visitara cafés, livrarias e cinemas experimentais no Quartier Latin e no bairro St-Germain-des-Près. Também subiu a colina de Montmartre, onde ficara impressionado com a Paris vista da basílica de Sacré-Coeur, a morada dos ascetas.

Na tarde do dia anterior, fizera um programa inusitado. Seguira os passos hifenizados de Honoré de Balzac até o Père Lachaise para repetir as mesmas vírgulas do famoso romancista e acompanhar o destino de mulheres abandonadas, jovens esposas, falsos amantes, solteirões, pequenos burgueses, celibatários, honorinas e beatrizes. No cemitério, participou de saraus literários com o próprio Balzac, pai Goriot, Lucien de Rubempré, Collete, Oscar Wilde, Molière e Marcel Proust, acompanhado pelos noturnos de Chopin.

Sentira-se em uma genuína máquina do tempo, desprovido de bússola, sem rumo diante de tantos atrativos para ver, sentir, degustar, tocar e ouvir. Voltou ao passado como se caminhasse sobre um museu vivo marchetado nas pontes, bulevares, ruas e esquinas. Manipulou com os dedos as páginas de história guardadas na cabeça e esfareladas pelo tempo. Viu cenas pontuadas das côrtes dos Luíses e reviveu reticências literárias na casa de Victor Hugo. Entretido, acompanhou o escritor debruçado nos rascunhos do romance de Quasímodo e Esmeralda.

Na Place de la Concorde, o coração de Ari deu batidas de pigmeu. Conhecera o passado da viúva negra, famosa por tecer a guilhotina com destreza para sorver centenas de presas ao antigo pântano. O professor se sentiu sufocado ao acompanhar os passos de Luis XVI e Maria Antonieta rumo ao cadafalso e deixou a praça com a garganta sedenta. Comprou um suco à entrada do Jardim das Tulherias, caminhou até encontrar uma cadeira vazia em torno do pequeno lago e sentou-se para descansar. As baterias precisavam de recarga. Distraiu-se ao ver um rapaz entretido com a sua leitura e imaginou onde ficava o antigo palácio. A edificação estaria naquelas imediações se não tivesse sido arrasada durante a Comuna de 1871. Seguiu a marcha, deteve-se diante das esculturas encontradas no caminho, observou os jardins e as reações de outros turistas diante dos atrativos do lugar. Não era difícil diferenciá-los dos moradores da cidade. A câmera fotográfica, o idioma e o modo de se vestir o denunciavam. Deixou as Tulherias e, no Quai du Louvre, com visão privilegiada do rio Sena, seguiu em direção à Pont Neuf, uma velha senhora imortalizada por escultores de letras e artesãos da sétima arte. "Quantos amantes não se aninharam aqui", ensimesmou-se o professor, puxando alguém pela cintura da lembrança para compartilhar aquele instante.

Prosseguiu até a Ile de la Cité, berço da tribo celta parisii, residente ali anos antes do nascimento de Cristo. Consumiu o restante da manhã imerso no caleidoscópio de vitrais da Sainte-Chapelle, na antiga prisão do Conciergerie e na catedral de Notre-Dame. Ao consultar as horas, apressou o retorno e tomou o metrô em direção ao museu d'Orsay para encontrar o companheiro de viagem.

Deslumbramento

– Desculpa o atraso, Rogério.

– Não esquenta não, Ari. A gente tá de férias. Também cheguei agora.

– Você tá com fome?

– Tô, mas podemos comer algo na lanchonete do museu – sugeriu Rogério.

– Pra mim tudo bem.

No d'Orsay, os dois se separaram após a breve refeição. Na galeria central, a ala dos amores carnais, surdos e platônicos transportou Ari para dentro de um ateliê. "Devia ser fantástico esculpir essas mulheres!" Olhou para os lados, desconfiado, não viu obstáculos, voltou os olhos para uma mulher esculpida em mármore, deitada de lado, com o corpo desnudo e uma serpente enrolada ao braço. Impressionado com a obra de Clésinger, não teve pudores para acariciar-lhe o rosto, o pescoço, os seios, o braço esquerdo, as pernas. "Que perfeição!". Gastou horas dentro do museu, apreciou detalhes de gestos, flagrantes de olhares e instantes de contemplação em cada obra.

As bacantes de Jean-Batiste Carpeaux o fizeram tecer fios filosóficos sobre a felicidade e o prazer. Quis invadir a tela de Gustave Moreau para beijar o ventre de Galatéia. Pensou desvendar a origem do mundo de Courbet, percorrer o campo de papoulas de Claude Monet, ouvir as jovens de Renoir ao piano, assistir ao momento exato do nascimento de Vênus, parido por Alexandre Cabanel ou William Bouguereau.

Uma despretensiosa tela de Franz Xavier Winterhalter congelou o olhar de Ari. O efeito medusa não resultou da aparência górgona, muito menos dos elementos formais da obra, porém do conteúdo, uma mulher de cabelos longos, pele alva, faces rosáceas e com os olhos debruçados sobre o destino. O vestido de musselina branca rendado, com fitas e laços de seda azuis, escondia uma expressão de plácida e serena sagacidade de madame Bárbara Rimsky-Korsakov. A perfeição do pescoço e o colo semi-desnudo assumiram a forma de uma seta escapulida do arco. O professor teve o coração cravado por um sentimento desconhecido, qual Plutão, governador do Tártaro.

Ari quis raptar a Prosérpina revelada diante de si, roubar aquele topázio de brilho especial em meio a tantas rainhas e princesas emolduradas no museu.

Um caldeirão de pensamentos fervilhou, porém a arte de cozinhar receitas para explicar os atributos da tela azedou as idéias. A associação das cores, a direção das linhas, o sentido do volume, a composição e a qualidade da luz, nada fez sentido. "É preciso encontrar explicações para o que sinto?". Lembrou-se de uma frase de Picasso: "A arte não é a aplicação de uma regra de beleza, mas aquilo que o instinto e o cérebro podem conceber além de qualquer regra."

O professor quis ferir a moldura com o tridente da ansiedade, ressuscitar aqueles traços delicados e invadir o mundo de Bárbara. "O que ela estaria pensando naquele momento? Qual o significado daquele olhar? E quem foi madame Rimsky-Korsakov?" Ari, dominado por um impulso adolescente, imaginou-se dentro de uma carruagem em movimento, numa corte imperial européia, para encontrar a nobre senhora. Somente para vê-la ou desposá-la após entregar o merecido dote. De repente, alguém lhe cutucou o ombro. Era o Rogério.

– Ari, o museu vai fechar.

– Ela é linda! – exaltou Ari, sob o impacto da tela.

– Realmente. Só que o casal vai ter que se separar – brincou Rogério. – Vão fechar o museu em dez minutos.

Ari ainda conseguiu comprar um catálogo das obras expostas no d'Orsay e uma reprodução da tela de Bárbara Rimsky-Korsakov. Do museu, os dois foram a uma patisseria para experimentar os doces e bombons franceses. Fartaram-se na sobremesa, variedades de mousse, suspiro, bolo e profiterole.

Pigmalião

De volta a Belo Horizonte, a imagem de madame Rimsky-Korsakov cristalizara-se na cabeça do professor. Qual Psique – a imortal donzela com asas de borboleta –, Bárbara simbolizava para ele a alma humana, virgem no berço, vulnerável ao lótus, desafiada pelos ciclopes, deflorada pela desconfiança, envenenada pela curiosidade e, posteriormente, compensada por uma taça de ambrosia. No caso de Bárbara, a imortalidade estava emoldurada em um museu. No primeiro dia de retorno às aulas, Ari tentou exprimir os sentimentos a um colega. "É difícil alguém compreender". Desistiu e não tocou no assunto com ninguém.

Inquieto, voltou para casa com a cabeça marinada de sentimentos. "Engraçado como o ser humano é capaz de se apaixonar pelo que não conhece". Guardou o material de trabalho no escaninho da sala dos professores, despediu-se de quem viu no caminho e se dirigiu até o carro no estacionamento da escola. "Que ironia. Fui a Paris e, ao invés de conquistar uma francesa num café, me apaixonei por uma tela de 1864, uma russa com quem não troquei uma palavra sequer. Não conheço nem o perfume que ela usava pra me lembrar do cheiro."

Sem perceber o mundo à volta, Ari ligou o carro e entrou no trânsito desatento, por pouco não se envolveu em um acidente na porta do colégio. O pensamento continuava a fervilhar as idéias. "Acho que me sairia melhor que o Christopher Reeve no filme Em Algum Lugar do Passado. E eu, que achava aquela história meio absurda, fui seduzido por um quadro. Também não pude ficar insensível àquele olhar. Duvido que alguém com o mínimo de sensibilidade não ficaria deslumbrado. Se contasse ao Glauco, seria censura na certa. Ele diria que Belo Horizonte tem muita mulher como a Bárbara, todas despregadas da moldura."

Ari, assim que chegou em casa, decidiu iniciar uma pesquisa sobre a vida da Bárbara. Recorreu primeiramente à coleção de vinil de autores clássicos. A única lembrança que tinha em relação ao sobrenome Rimsky-Korsakov era o compositor Nikolai, uma das principais referências da música clássica russa ao lado de Tchaikovsky e Stravinsky. Ao verificar as bolachas, o professor viu Nikolai na capa de um dos discos e iniciou a leitura das informações biográficas. De aparência anciã, barba longa e óculos, sustentava um ar aristocrático e conservador.

Nascido em Tikhvin, no ano de 1844, Nikolai morreu em 1908, na região de Liubbensk, próximo a São Petersburgo. Sobrinho de almirante e irmão de um oficial da Marinha, aprendeu música desde criança. No início da fase adulta, integrou um grupo de compositores que faria fama, conhecido como Os Cinco, integrado pelo músico Balakirev, pelo químico Borodin, pelo tenente-general César Cui e pelo oficial da Guarda Imperial, Moussorgsky. Foi professor de Composição Prática e Instrumentação do Conservatório de São Petersburgo e colecionou inúmeras peças populares com as quais compôs algumas canções consagradas posteriormente, como Sadko, Noite de Maio, Le Coq d'Or, Sheherazade e Capricho Espanhol.

Depois de ler o texto, Ari fez uma frustrada constatação. Nenhuma referência a Bárbara. Intrigado, o professor se dirigiu à cozinha para esquentar uma lasanha no microondas. Após o almoço, foi ao quarto ligar o computador; o próximo passo da investigação seria a internet. No caminho, parou no corredor e, com olhos de pigmalião, deteve-se diante da tela replicada de Bárbara. Madame Rimsky-Korsakov estava inerte, com a imagem recortada num momento instigante.

Ari gastou quase uma hora na pesquisa, rastreou oitenta e cinco registros até encontrar um site com uma breve e curiosa história sobre Bárbara, na verdade Varvara Dmitrievna Rimskaia Korsakov (1833-1878), nascida em Varsóvia e que viveu parte da vida no Império Russo. A primeira surpresa: não fora esposa do compositor russo, Nikolai Andreevich Rimsky-Korsakov, e sim de Nicholai Sergeevich Rimsky-Korsakov, parente de Andreevich. Com Nicholai teve três filhos: Sergei, Dmitry e Nicholai. O professor de francês ficou extasiado durante a leitura do restante da história.

Nicholai e Varvara viveram em Moscou, muito conhecidos no alto círculo aristocrático. Eram amigos do escritor Léon Tolstoi, que transportou o casal para o romance Anna Karenina, em que interpretaram os Korsunskys em um dos famosos bailes do romance, no capítulo XXII da primeira parte. Ao se separarem, ela se mudou para Paris, onde ficou conhecida como a vênus Tartar no período de Napoleão III; posteriormente, foi morar próximo a Nice. Conhecida como Barbe em Paris, talvez tenha sido uma das principais rivais da imperatriz Eugênia na corte francesa do Segundo Império. Morreu jovem, aos quarenta e cinco anos, na própria casa, a Villa Korsakov, em Villefranche-sur-mer, balneário da costa sul francesa.

    Bárbara raramente perdia uma festa, era reconhecida pelo humor refinado e pela ousadia. Em um baile no Ministério da Marinha, em 1866, chegou em uma carruagem guiada por ajudantes fantasiados de crocodilo. Desceu do carro vestida de selvagem, em rara oportunidade de os amigos e convidados apreciarem talvez as pernas mais bonitas da Europa. A cena roubou um sorriso sincero do professor de francês. "Não só as mais belas como as únicas pernas à mostra."

    Os traços de personalidade identificados na breve pesquisa incitaram Ari a puxar o fio do novelo. Bárbara simbolizava as mulheres que celebrizaram o estilo romanesco da literatura do século XIX, cujas digitais apresentadas na tela de Whinterhalter eram a identidade de uma obstinada busca pela liberdade e por um futuro magnificente, inatingível. Lembrou-se da própria Anna Karenina, de Emma Bovary, Eugenia Grandet, Isabel Archer, Marguerite Gautier, Thérèse Raquin, Senhora de Beauséant e Júlia d'Aiglemont; todas – assim como Bárbara –, perseguiram um futuro grandioso, inexistente, submersas numa teia de intrigas, falsidade, conflitos afetivos e sociais, na busca por uma vida intensa e elevada. "Eu sabia que o olhar de Bárbara tinha muito mais a dizer." Ari só não soube o porquê de ela ter morrido tão jovem. Suspeitou de tuberculose, já que a região onde vivera os últimos anos de vida, como descobriu em uma pesquisa posterior, era muito procurada para tratamento da doença, principalmente pela aristocracia russa.

Avenida do Contorno

O professor de francês saiu de casa pouco antes das duas da tarde. Distraído, ouvia Capricho Espanhol enquanto uma buzina impertinente do carro de trás avisava que o semáforo estava aberto. Engrenou a primeira marcha, ouviu a cantada de um pneu e viu um motorista cortando pela direita e gesticulando expressões obscenas. "Carro na mão de alucinados é uma arma", pensou.

Olhou para o relógio e se preocupou. Estava cinco minutos atrasado para a aula. Sem perceber, subiu a Contorno em velocidade excessiva. Na parte alta da avenida, foi forçado a desacelerar. Um veículo subia a passos de taturana. Ari tentou passar pela esquerda, não conseguiu devido ao tráfego intenso. "Essa deve ser a única cidade do mundo em que você dá seta e as pessoas aceleram, impedindo a passagem." Piscou o farol e nenhuma resposta. Buzinou e recebeu a sugestão do condutor para passar por cima. Irritado, tentou uma arriscada ultrapassagem pela direita. No meio do caminho, o motorista teve um golpe de vista e jogou o automóvel para cima do professor.

– Puta que o pariu! – freou Ari. Bateu na lateral traseira do carro da frente.

Trêmula, no alto de um salto de quase dez centímetros, a mulher desceu do carro e caminhou na direção do professor de francês.

Ao ver a motorista, Ari engoliu a grosseria, os olhos marejaram, as mãos ficaram geladas, o corpo bambeou.

– É ela. É Bárbara. A minha Bárbara.

Tourada em Alcalá

A arena

Deixei a bagagem no guarda-volume do Aeroporto de Barajas e segui para a Estação Atocha, de onde sairia o trem para Alcalá de Henares, último destino antes de voltar ao Brasil. Indicação de um ex-professor. "Será bom para descansar antes do retorno, aproveita para visitar a casa de Cervantes". Do trajeto, ficou gravado na memória o Panteão incrustado nas rochas, as casas às margens da linha férrea, um senhor de chapéu dentro do trem que mirava a janela com olhar grave, e um grupo de estudantes que se comunicavam num espanhol mais veloz que a minha compreensão da língua. Segui apenas com uma mochila, poucas mudas de roupa, objetos de higiene pessoal, a câmera fotográfica, um livro e o bloco de anotações.

Cheguei na cidade ao final da manhã. Um dia de maio, primavera ensolarada, temperatura muito parecida com a de Belo Horizonte. Hospedei-me no colégio dos jesuítas, onde fui muito bem-recebido pelo reitor e por Solis, meu anfitrião. Ali moravam pouco mais de trinta padres, em final de carreira, como brincou Solis, um padre bem-humorado de oitenta e quatro anos que me apresentou o lugar.

— Está vendo este elevador comprido? Solis observou meu olhar de espanto e explicou.

— É para meter as camas, todas com rodinhas. Assim facilita a saída na hora de seguir para o Juízo Final — comentou, com uma espontaneidade que me surpreendeu.

— Aceita? — perguntou Solis ao retirar do bolso uma caixinha de madeira contendo rapé.

— Obrigado, mas sou alérgico.

— Pois vai é curar-te.

— Não vou arriscar, obrigado.

Deu um sorriso, aspirou uma pitada do pó, pigarreou e guardou a caixinha no bolso. Tinha uma fala pausada, exceto quando debatia temas polêmicos, como testemunhei depois. Defendia seu ponto de vista em tom apaixonado.

Levou-me até o quarto, espaçoso, arejado, de portas largas e pé direito elevado. O banheiro também tinha um box amplo. Os azulejos sustentavam barras de apoio. Além da cama, havia no quarto um armário de madeira — escura e densa —, uma cômoda sobre a qual jazia uma Bíblia e uma poltrona, próxima à janela. Dali, via-se a rua e os telhados da escola, que funcionava num edifício mais baixo, ao lado da residência dos padres. A algazarra de crianças e adolescentes fez-me lembrar dos recreios dos tempos do Colégio Loyola, das partidas de queimada e pare-bola, a maneira mais fácil de me aproximar das meninas. Dos disputados jogos de futebol, das corridas de tampinha e das paqueras na cantina. Dos baleiros e suas mercadorias diversificadas e coloridas que pouco matavam a fome, mas seduziam a jovem freguesia: as balas Soft, as Dizioli, os biscoitos Mirabel, as pipocas Gury, os chocolates Surpresa e os chicletes Ploc e Ping Pong, que continham figurinhas para colecionar.

Os corredores também eram largos e compridos, havia dois interruptores de luz, um no começo e um ao final da ala, distantes um do outro. Não foram feitos para se andar por ali à noite, um breu de fundo de caverna. Solis me mostrou a sala de televisão e me conduziu até a cozinha. Foi ali que experimentei, pela primeira vez, o gaspacho, a tortilla e o anis.

Primeira tourada

Na sala de leitura, onde ficavam disponíveis os jornais e as revistas, conheci Baltazar, sério, mas cortês, calvo, as feições do rosto com poucas rugas. Difícil acreditar que se aproximava dos noventa e cinco anos, ainda mais depois de ouvir-lhe as labirínticas histórias vividas durante a ditadura de Franco, as perseguições, o momento em que se viu diante da morte e a jornada de fuga até Portugal, atravessando o norte de Castela e Leão e cruzando as fronteiras do sul da Galícia. Vi seus olhos foscos ganharem brilho como se encontrasse, depois de tantos anos, alguém que o pudesse ouvir.

– Muitos resolveram ficar...

Baltazar desandou a falar. Explicou o contexto político da época, o complicado panorama da guerra, que matou quase trezentas mil pessoas.

– ... Mas a fé não fez milagre para mais de sete mil religiosos, uma carnificina.

Enquanto ouvia Baltazar, percebia certa euforia coletiva na sala. Tentei escutar as conversas paralelas. Ninguém prestava atenção em Baltazar, estavam envolvidos em outro colóquio. Solis, que acabara de chegar à sala, notou minha inquietação.

– Baltazar, não chateia o rapaz com essa história. Franco está morto e enterrado. – Solis voltou-se para mim e me convidou a participar do grande evento da noite, uma corrida de touros em Madri, na Plaza de Toros de Las Ventas. Nossas arquibancadas, no entanto, estavam na sala de televisão.

Não compreendi se foi pela brusca interrupção ou por causa das touradas, mas Baltazar, enfurecido, ergueu a cabeça, encarou Solis e disparou contra ele.

– Enterrada está é a compaixão... Lá vem você com tourada, esse desatino...

– Deixa de tonterias, Baltazar! As corridas de touros fazem parte da nossa cultura.

– Tonterias? Desde quando tortura é tonteria, hombre? Metem o touro num picadeiro para ser sacrificado sob os olhos ávidos de um povo sádico que aprecia e aplaude o espetáculo da morte...

– Santa madre, agora vai crucificar a Espanha inteira por causa de uma corrida? Tourada é uma tradição milenar e que não causa nenhum mal à humanidade.

Os dois iniciaram uma discussão fervorosa em torno das touradas. Baltazar não contestava apenas a agressividade das touradas, mas o direito usurpado pelo ser humano de interromper artificialmente o ciclo da vida. E a capacidade dos espanhóis, tão religiosos e devotos à Igreja e aos santos, de valores arraigados ao cristianismo, de admirar um culto pagão, uma tragicomédia quixotesca com pompa barroca. Solis defendia as corridas de touros, enraizadas no jeito de ser do espanhol. Considerava fascinante essa festa em que o homem tem a oportunidade de provar agilidade e astúcia diante da potência agressiva e do instinto primitivo da força do touro de lida.

– Pra mim basta, Solis. Estou farto de batalhas, de guerras e dessas touradas insanas! – Baltazar se levantou da mesa, despediu-se e saiu da sala. Solis voltou-se pra mim como para finalizar seu raciocínio.

– *La fiesta de los toros es la más culta que hay en el mundo*. Citou García Lorca e explicou que, para o poeta, a arte do movimento, o drama entre a vida e a morte, a coragem humana e a força telúrica do animal, a emoção do povo e as regras severas para a conduta humana celebram nas touradas seu encontro mais relevante e tenso.

Fomos almoçar. Ao término da refeição todos se retiraram para *la siesta*, mais sagrada que as touradas na Espanha. Aproveitei para dar uma volta pela cidade, a terra das cegonhas. Por cima de quase todos os telhados de Alcalá, um ninho construído pela ave. Cervantes deve ter se inspirado nas pernas esguias e compridas da cegonha para criar Dom Quixote, imaginei. Percorri algumas lojas, observei a movimentação de estudantes caminhando pelas ruas e segui para o museu dedicado ao escritor, mas não o conheci. Estava em reforma. Acabei me rendendo à *siesta*, voltei para a residência e me deitei. Fui acordar no início da noite, já quase na hora das touradas.

Segunda tourada

A sala de televisão estava repleta. Quase todos os padres se reuniram para acompanhar a festa. Percebi a ausência de Baltazar. Acomodei-me próximo a Solis. Cheguei no momento em que os picadores, sobre os cavalos, entravam na arena. Um deles lançou uma vara sobre as costas do touro. A reação foi imediata. O animal investiu com fúria contra o cavaleiro, quase derrubou os dois. Não sei a razão, mas temi pela sorte do cavalo.

Em seguida, os bandarilheiros entraram na arena, um a um, para cravar-lhe alguns espetos adornados com bandeiras coloridas. No começo, o animal, valente, defendia-se como podia. Lançava-se contra o agressor a cada investida. Numa reclinada da cabeça, o chifre esquerdo passou de raspão em um deles. O público se assustou. Os padres não despregavam os olhos da tv.

No tercio de muletas, o toureiro Miguel Rodriguez foi ovacionado assim que entrou na arena. Ficou frente a frente com o touro. Os espectadores silenciaram. Estendeu o pano vermelho, ajoelhou-se e reteve as evoluções. Homem e touro se encararam num momento de tensão. O rival, já com filetes de sangue escorrendo pelo dorso, visivelmente cansado, arrastou a pata direita no chão. Ao primeiro sinal de movimento, correu para cima de Miguel Rodriguez, ainda imóvel. A poucos instantes de ser atingido pelo touro, levantou-se, mexeu com maestria o pano e deu um passo lateral. O touro cruzou o vazio e escorregou, quase perdeu o equilíbrio. "Olé", gritou o público.

Sem saber a partir de qual momento, dei-me conta de que torcia pelo touro. Foi uma espécie de sentimento de solidariedade com o animal. Pensei na calorosa discussão de Baltazar e Solis. Ambos tinham argumentos de sobra para questionar o ponto de vista do outro. O primeiro viveu a experiência da guerra. Solis, além da base teológica, foi professor de Filosofia e História da Arte. Vendo a tourada, lembrei-me das aulas de Religião da escola e da primeira vez que a professora Marlene falou do Coliseu em Roma e das corridas dos leões contra os cristãos. Essa cena voltou à minha mente. Mas, agora, os cristãos cultuavam, da platéia, um ritual pagão.

Miguel Rodriguez parou, uma vez mais, agora quase no centro da arena. Solis informou que era a hora de avançar para cima do touro, dar a estocada final e atingir-lhe o coração. O toureiro concentrou-se, reteve-se por uma fração de segundo, caminhou num sutil zigue-zague. No momento exato de espetar o touro, foi surpreendido por um rápido movimento da cabeça do animal. O chifre cravou a virilha do toureiro, que foi lançado para o alto. O público reagiu com um "óóóóóóó" de surpresa. Na arena e na sala de televisão. Picadores e bandarilheiros entraram para afastar o touro e socorrer Rodriguez. Ato-contínuo, voltei para Solis e perguntei-lhe o que aconteceria com o animal. Inconscientemente, pensei que a vitória do touro encerrasse o espetáculo e fosse o passaporte para sua liberdade.

– Outro toureiro assumirá a tarefa.

Minha frustração foi evidente.

– Não, ele não vive – comentou Solis. – E a mãe também vai morrer.

– E por quê? Quê que a mãe do touro tem a ver com a história?

– Quando o touro fere ou mata o toureiro, a mãe é sacrificada. Para que não coloque mais no mundo outra cria de gene tão ruim.

A resposta me deixou desconcertado. A sorte da mãe do touro era certa. Longe dos holofotes. Solis deixou, em seguida, a sala de televisão. Fui encontrá-lo durante o jantar, macambúzio. Os outros padres ficaram na sala para acompanhar o noticiário.

No dia seguinte, soube que Baltazar permanecera no quarto, com febre, em repouso absoluto. Deixei Alcalá de Henares pensativo, absorto na reflexão provocada pela fala de Solis, o sacrifício da mãe do touro. E imaginei o que seria do mundo se essa mesma regra fosse aplicada às mães que parissem filhos de genes prejudiciais à humanidade.

O velório das fotos

Defunto velado

Os olhos vividos acompanhavam cumprimentos consternados, sorrisos escassos, rostos disformes, sentimentos divididos e solidários, cenas típicas de um velório comum. Mas aquele não era como outro qualquer para o tio Aristides. O ambiente ganhava um ar diferente ao chegar com a máquina a tiracolo e o álbum com as fotos do encontro no ano anterior, o enterro do primo Alberto. As imagens provocavam alegre nostalgia nos familiares, especialmente quando se detinham em algum retrato em que estivesse tia Joaquina. Enquanto o semblante gélido da tia causava consternação na câmara mortuária, as fotos incitavam recordações de outros velórios, quando Joaquina, como a parenta mais velha da família, assumia a responsabilidade de consolar irmãos, sobrinhos e primos.

Franzino, careca, de comportamento delgado e pensamento robusto, tio Aristides, ao contrário de todos, sentia íntima satisfação nos velórios da família, raras oportunidades de rever os parentes. Tirava fotos dos sobrinhos – alguns com a rebeldia estampada no rosto –, dos primos de feições dilapidadas pelo consumo excessivo de bebida, das cunhadas a tricotarem experiências reveladas em novos fios brancos na cabeça, e dos agregados que regavam a paciência com benevolente apatia para tolerar as birutices da tia Nazaré.

O ritual se repetia a cada velório. Com uma única regra: o corpo não podia ser fotografado. Para Aristides, as últimas lembranças do parente deveriam ser apenas as fotos batidas em ocasiões anteriores. Daí a importância dada aos álbuns de fotografia levados por Aristides. No entanto, a norma para não fotografar o corpo existia por uma questão técnica. "Foto de defunto dá azar, vela o filme inteiro", dizia com a autoridade de quem perdeu todas as chapas na primeira e única vez que infringiu a lei. Aconteceu no velório de tia Honorina. Ao buscar as fotos no laboratório, o moço do balcão deu a notícia com a mesma frieza dos mortos:

– O filme velou.

– Como velou?

– Não sei, deve ter sido o espírito de porco do laboratorista de segunda-feira.

– O sujeito estraga o meu filme e você vem com gracinha pra cima de mim?

– Sinto muito, mas não posso fazer nada.

– Me chama o Joaquim!

O máximo que tio Aristides conseguiu com o proprietário foi um novo filme, as fotos ficaram no esquecimento. "Deve ter sido praga da tia Honorina", presumiu. Aristides era jovem naquela ocasião e tia Honorina, irmã do pai, era uma das poucas da família a repudiar as fotografias em cemitério.

Quando começou a fotografar os velórios da família, Aristides, com apenas dezessete anos, provocou um escândalo. A primeira vez foi no Cemitério do Bonfim, com a Rolleiflex que um tio lhe dera de presente. Era o enterro do avô Geraldo, que cedeu à cirrose. Ao chegar em casa, Aristides levou algumas varadas de bambu e ainda teve o filme retirado à força da máquina.

– Isso é uma falta de respeito, Aristides. Onde já se viu reunir parentes pra fazer foto num velório?

– É uma recordação pra posteridade...

– Não me responda, Aristides.

E toma varada de bambu. Aristides ficou tão indignado com a incompreensão que pensou inúmeras formas de vingar a humilhação sofrida pelo pai. O que mais incomodou não foi a surra recebida e sim uma espécie de dor moral, como se o pai tivesse arrancado de dentro dele um sonho oculto e jogado no lixo, junto com o filme, uma íntima esperança de imortalizar os familiares. Mas Aristides nem precisou executar qualquer plano porque o próximo enterro foi o do progenitor, atropelado na avenida Afonso Pena. Lá estava ele, no mesmo Cemitério do Bonfim, tirando fotos da família. A mãe sofreu tanto com o falecido que nem se preocupou com o filho. Com o tempo, os parentes não estranharam mais a atitude de Aristides, agora tio de quase vinte sobrinhos. Os irmãos censuraram no começo, hoje se divertem ao comparar fotografias antigas com as mais recentes.

— Tides, ela tava tão bem no velório do Zé. Manda uma cópia pra mim? — pediu a irmã Antônia, ao ver a foto de Joaquina no álbum, tirada três anos antes.

Flashes digitais

A novidade no velório de Joaquina era a máquina digital. Depois de quase cinqüenta anos fazendo fotos com a Rolleiflex alemã de estimação, Aristides se modernizou, economizou mais de um ano de aposentadoria para comprar o último modelo de uma Canon digital. Não porque fosse tecnicamente melhor, apenas para mostrar as imagens em alta resolução aos familiares quase no mesmo instante em que as batesse, antes de copiá-las em papel fotográfico.

— Ainda continuo bonita, hein Tides? — brincou Nazaré, ao ver as imagens no visor da nova máquina.

— Formosa e gostosa, Naná — cochichou Aristides no ouvido da cunhada, mulher do Olavo.

— Me respeita, Aristides!

— Você que insinuou.

Em mais de quatro décadas de registros fotográficos, Aristides gastou quase cinco mil chapas e tem em casa pelo menos trinta álbuns com fotos de velórios da família. Talvez pudesse até entrar para o Guinness Book, idéia sugerida pelo amigo Zacarias. Porém, tio Aristides nunca quis saber de recordes e sim de recordações. Era curioso como ele se afeiçoava mais aos parentes mortos do que aos vivos. "Parentes que convivem muito tempo tornam-se assassinos da relação. Toda relação é uma relação de poder e o poder corrompe completamente, prefiro sentir saudade por quem partiu a me ver invadido pela apatia da onipresença", explicava, com aparente frieza, aos curiosos de plantão.

Último filho a nascer em um lar de oito crianças, Aristides foi criado pelos irmãos, em especial o Olavo, oito anos mais velho e que costumava inventar histórias de fantasmas antes de dormir. Em vez de assustado, Aristides ficava fascinado com as narrativas, tecia aventuras no além-mundo com os fios da imaginação. Olavo dormia e ele ficava ainda um bom tempo acordado tentando ver alma penada para ter o que contar ao irmão no dia seguinte. Sentia enorme prazer nessas brincadeiras, talvez para compensar a realidade de uma educação rígida e repressora, numa família em que o pai era ausente de afeto, um comerciante beberrão que, sóbrio, tentava impor aos filhos severa disciplina. A mãe não podia trabalhar, não só porque o marido a proibia, mas por causa do excesso de atividades em casa.

– Ontem eu vi uma alma penada na sua cama, Olavo.

– Que bobagem, Tides. Fantasma gosta de atazanar os adultos.

– Você que pensa. Ele até roncou no seu ouvido.

– Aristides, se você continuar inventando essas coisas, vou parar de contar estórias de noite.

– Se você não quer acreditar, tudo bem, só que ele tá dormindo no seu armário.

– Que idéia besta é essa agora?

– Eu vi. Alma penada adora lugar escuro e meia de criança porque o chulé não sai de jeito nenhum.

Lembra daquela meia furada na semana passada? O fantasma que comeu.

Afoito, Olavo correu até o armário. Sabia que o irmão tinha aprontado mais uma travessura. Constatou o estrago em mais um par de meias da escola. Para se vingar de Aristides, fez greve de silêncio o dia inteiro e preparou o contra-ataque. Nada de brincadeiras e estórias de fantasmas naquela noite. Foi se deitar. Assim que Aristides dormiu, levantou-se da cama e iniciou a ofensiva. Acendeu uma vela e a colocou no chão, ao lado da cama de Aristides, que se encontrava de bruços, com o rosto voltado para a parede. Olavo subiu numa cadeira, colocada no meio do quarto, e cobriu-se com um lençol branco, deixando apenas uma das mãos livres. Com ela, arremessou um travesseiro na direção da cabeça de Aristides, que acordou atordoado ao ouvir, em seguida, o grito do irmão.

Aristides e Olavo conviveram com estórias e brincadeiras desse tipo durante quase toda a infância, até o dia em que Aristides cortou uma das meias prediletas do pai, colocadas, por engano, no armário de Olavo.

– Foi o fantasma que comeu, papai.

– Que estupidez é essa, moleque?

Aristides recebeu varadas de bambu e ficou de castigo uma semana. Nada de bola ou brincadeira na rua. Só voltou a pensar no mundo dos mortos lá pelos dezessete anos, quando tio Higino lhe deu de presente a Rolleiflex. Desde criança, Aristides fantasiava invenções engenhosas; certa vez sonhou criar uma máquina para fotografar fantasmas. Agora, com a câmera na mão, voltou a pensar no assunto. Não tinha convicção se existia vida após a morte, mas gastou mais de um ano em visitas freqüentes a cemitérios – de dia e de noite –, na tentativa de flagrar algum fantasma errante. Depois do resultado previsível, Aristides encontrou o que buscava nos velórios da família.

Desabafo

Introspectivo, tio Aristides, solteirão não tão convicto, mas sozinho por força das circunstâncias – tentou duas vezes, no entanto não conseguiu compartilhar o mesmo teto com outra pessoa –, convivia pouco com os familiares. Consumia o tempo entre o serviço público e a fotografia. Aposentado, passou a se dedicar mais a este ofício e aos poucos, porém fiéis amigos, com quem dividia as angústias numa cantina italiana perto de casa.

Nos últimos anos, Aristides passava algumas horas diárias em conversas existenciais com o Roberto, amigo trinta anos mais novo, conhecido, curiosamente, num cemitério. Enquanto fotografava mais um velório da família, Roberto acompanhava, a meia distância, os movimentos de Aristides, até resolver se aproximar.

– O senhor trabalha em algum jornal?

– Não. Por quê?

– Fotógrafo só aparece em cemitério quando é enterro de gente importante... pra sair no jornal.

– Os enterros na minha família são sempre importantes.

– Desculpa. Não foi isso que quis dizer... Meu nome é Roberto, sou jornalista.

Roberto ficou fascinado com a história de Aristides e, aos poucos, ganhou a confiança do amigo.

Assim que deixava a redação do jornal no início da noite, passava na casa de Aristides, no bairro Floresta. Quando conheceu, pela primeira vez, o acervo de fotos, ficou impressionado com a diversidade de imagens. Roberto passou a admirar Aristides e a maneira inusitada de o amigo estar próximo dos parentes. Certa ocasião, Roberto quis saber quem era a moça bonita de cabelos pretos, olhos escuros e calça boca de sino.

– É minha irmã Teresa – disse Aristides, que selecionou outras vinte e cinco fotos que batera dela no correr dos anos.

Instigado pelos inúmeros retratos de Teresa, Roberto colocou as imagens lado a lado e constatou como o tempo escapou das garras daquela mulher, hoje de cabelos grisalhos, pés de galinha, rugas e óculos, porém com o mesmo sorriso cativante. As roupas denunciavam, ao mesmo tempo, uma moda fugaz e cíclica. O jornalista percebeu que o amigo era fonte de boas estórias, no entanto Aristides era avesso à notoriedade. "Depois que eu morrer você conta o que quiser". Os encontros cada vez mais freqüentes terminavam na mesa da cantina, onde, naquela noite, foi comemorado o aniversário de setenta anos de Aristides entre meia dúzia de amigos.

Roberto reparou que Aristides bebia mais que o normal. Sabia que aquela cerveja era para aliviar um outro tipo de sede, uma singular aventura para tentar congelar o tempo e dispersar o futuro, carregado de esperança quando distante, porém retraído, indiferente e desiludido ao se aproximar do presente. Depois do quinto copo, uma câmara escura dentro de Aristides parecia ampliar um difuso estado de felicidade, revelado em sinceros sorrisos compartilhados com os amigos.

Do outro lado da mesa, o jornalista focava uma íntima preocupação. No dia anterior àquela comemoração, Roberto percebera, ao visitar Aristides, o cenho pesado e o abatimento do amigo, mais introspectivo que o habitual. Aristides acabara de remexer papéis e fotos. Os retratos dos parentes mortos preenchiam quase a metade do acervo. "O tempo passa, a fila diminui e a nossa vez vai chegando". Pela primeira vez se deu conta de que o fantasma, em pouco tempo, seria ele mesmo. O desabafo de Aristides deixou Roberto pensativo.

– Quem vai continuar a fotografar depois que eu morrer?

Na manhã seguinte ao aniversário, Aristides foi encontrado estirado na porta de casa, distante deste mundo. Os amigos se sentiram culpados, acharam que a morte fora provocada pela bebida. Aristides morreu mesmo foi do coração, um ataque fulminante, disse o médico da família. Para homenagear o amigo, Roberto publicou, um dia depois, uma reportagem especial sobre Aristides. Jornalistas de outros veículos, estudiosos e colecionadores se interessaram não só pela história de Aristides como pelo destino das fotografias.

O jornalista, porém, respeitou a última vontade do amigo, já que nenhum familiar se habilitou a perpetuar o ofício. "Todo velório exige um enterro", dizia Aristides. As fotos dos parentes mortos, já velados e enterrados, foram entregues aos familiares. O restante cumpriu o destino desejado por Aristides. "Não quero velas nem flores no meu enterro, cubra o meu corpo somente com os retratos de quem estiver vivo para eu me lembrar dos que ficaram".

Recordações de um diário viúvo

Primeiras anotações

A memória fraquejava e esquecia fatos recentes. Para tentar contornar o incômodo, Mário resolveu seguir o exemplo de Carmem. A partir daquele 7 de janeiro de 1970, anotaria os principais passos, considerações e dúvidas de um coração aflito. O caderno de espiral seria cúmplice da memória, fiel depositário dos pensamentos e das inquietações mais íntimas. A primeira linha registrava a consulta médica com o doutor Mundim. Vestiu o terno preto, de tecido leve, presente dos filhos no Natal e imprescindível para o calor insuportável. Deixou no armário o traje de cobertor. Saiu bem-disposto, retirou cem cruzeiros novos no banco e seguiu para o consultório.

Nos primeiros meses daquele ano, Mário tentava se adaptar à nova realidade. Carmem, a Santinha, não dividia mais a cama, as rodadas de baralho, os encontros com os parentes e amigos. O caderno de anotações o ajudava a suportar aqueles momentos, espécie rara de amigo para absorver, sem juízo de valor, as apreensões do companheiro solitário. O diário registrou, na segunda semana, uma ida aos Correios. Mário postou cartas para amigos e familiares, em agradecimento às mensagens de solidariedade e apoio pela morte de Santinha. Foi ao INPS levar o atestado de óbito de Carmem e, ao voltar para casa, pagou o condomínio e, por telefone, autorizou Ivo a providenciar o inventário.

Decidiu, no mesmo dia, enfrentar a realidade e separar os objetos da mulher. Não podia mais conviver com aqueles fantasmas. Os livros seriam entregues a Dora, que daria o destino que bem entendesse a cada um deles. Gastou horas encaixotando as publicações, precisava despachar aquelas almas também sem vida. Se ficassem ali, só fariam Mário constatar a dura realidade. Debaixo da terra, o corpo de Carmem se decompunha, restaria em breve apenas um esqueleto torpe e um vestido malcheiroso. Nada poderia macular a imagem de Santinha, nem mesmo as crostas de poeira acumuladas sobre os livros. Queria preservar a imagem da mulher, ainda cheia de vida na lembrança.

O dia 21 de janeiro foi descrito no diário como um desafio, quando Mário encarou pela primeira vez a reunião familiar após a morte de Santinha. Queria ter a certeza de que nos encontros de quarta-feira veria Carmem ainda viva nos gestos, na voz e nos traços físicos dos filhos e netos. O viúvo também recebeu casais de amigos, cunhados, irmãos e sobrinhos para um lanche e partidas de biriba e pif-paf. Esforçou-se para vencer o medo de constatar nos olhos de cada um a tentativa frustrada de recuperar o brilho. Na página do diário, a tinta azul da palavra olhos borrou, uma lágrima não suportou o peso da gravidade.

Durante uma rodada de biriba, as lembranças se voltaram inicialmente para dona Linduca, mãe de Mário. Ela faria, justo naquele dia, noventa e dois anos. Para Mário, a recordação era um garrano selvagem de difícil domesticação, preparado para dar coices e pinotes no cavaleiro de constituição débil. Quem conseguiu amansar a memória, contou uma história sobre a convivência pessoal com dona Linduca. Até que todos silenciaram ao perceber o olhar de comiseração de Mário, que se retirou da mesa para uma conversa reservada com Olga, irmã de Carmem.

A cunhada queria reconfortá-lo, contou passagens da infância e adolescência das duas em Poços de Caldas, das caminhadas na praça, das amigas da escola. A lembrança daqueles momentos os tornou cúmplices na saudade. A tentativa de distrair Mário e aliviar a dor de ambos caminhou, sem os dois saberem como ou porquê, para uma revelação inesperada. Olga acabou esbarrando na história que Carmem trancara num íntimo baú. Arrombara os cadeados secretos da irmã para dizer que Santinha fora noiva duas vezes antes de se casar com Mário. Ele se manteve impassível com a notícia, fez perguntas, dissimulou compreensão. Controlou o tremor das mãos e o aperto no coração.

Assim que todos foram embora, seguiu para o escritório, precisava dividir as dores com o amigo espiralado. A caneta desabafou um grito silencioso de um ciúme insuportável, sem entender o motivo de a revelação não ter partido da própria Carmem em vida. Estava certo de que fora plenamente feliz nos quarenta e três anos de matrimônio. Mas e Santinha? Também teria sido feliz? A notícia o fez rever momentos da vida conjugal e o que mais incomodou Mário foi conhecer o segundo noivo. Ascânio Monteiro era primo de Carmem e os dois mantiveram uma relação de sentimento mais forte, como revelara a cunhada. Mário puxou da lembrança evidências quase apagadas pelo tempo. Sempre que Santinha falava de Ascânio, o olhar brilhava, o tom de voz tinha modulação eufórica, própria dos enamorados. Lembrou-se das vezes que chegou em casa e encontrou Carmem chorando na cama. Dizia "não se preocupe, amor, é só uma forte dor de cabeça, já tomei remédio, vai passar". O sofrimento da perda da mulher se transformou, a partir daquele dia, em uma única obsessão, embora não soubesse o que fazer com a resposta encontrada. Quem Santinha realmente amou?

Evidências

Mário dormiu mal. Deitou-se tarde, descansou pouco e acordou cedo. Após o café, remexeu armários, revirou objetos e separou roupas de Carmem. Tentava encontrar evidências da relação com Ascânio Monteiro, uma carta talvez. A cunhada dissera algo sobre uma última correspondência antes de Carmem se mudar para Belo Horizonte. Mário consumiu horas na busca, encontrou no diário de Carmem somente anotações dos inúmeros cursos durante a militância na Ação Católica. Numa das pastas, constavam fichas, gráficos de estudos, folhetos, páginas da revista O Cruzeiro, resumos de aulas do padre Orlando, uma cópia datilografada da ata de reunião no Colégio Sagrado Coração de Jesus em setembro de 1947, além de um carnê de contribuições do Centro de Puericultura Tia Amância, que Mário continuaria a pagar em memória de Santinha. Gastou o resto da manhã separando correspondências consideradas inocentes, remetidas por parentes de Poços de Caldas e São Paulo, e organizando os álbuns de retratos da família.

No início da tarde, foi ao Cemitério do Bonfim visitar o túmulo de Carmem. Chorou muito, um pranto ambíguo, de saudade e raiva, motivada por uma descoberta que jamais teria a explicação de Santinha. Estava ficando doente, acreditava precisar de um profundo tratamento. Amava a mulher, no entanto não admitia ser possuído por um ciúme póstumo doentio. Levou a mão à boca, beijou as pontas dos dedos e tocou simbolicamente a foto de Carmem no jazigo. Na volta para casa, lembrou uma vez mais dos noivos de Santinha. O primeiro caso da mocidade foi Vitor e durou pouco mais de dois anos. Olga afirmara que Carmem só o via durante as procissões, até que Vitor casou-se com Cornélia, em Itajubá. Com Ascânio, havia mais intimidade, viam-se com regularidade na igreja e nas festas da família, reunida quase todo fim de semana para uma comemoração. Ascânio, jovial, brincalhão e contador de histórias, era muito estimado por todos. Os dois trocaram muitas cartas até que um dia estourou a bomba e o romance foi desfeito. Mas que bomba? Mário deixara de fazer essa pergunta à Olga, faltou coragem. Precisava saber. À noite, Mário assistiu à televisão, nada especial, queria conhecer, por curiosidade gratuita, o ganhador do

Galaxie num programa de auditório. Depois, foi para o escritório e começou a rascunhar o novo túmulo, dele e de Carmem. Um dia faria companhia à Santinha. Encomendaria um tampo de mármore com os cantos arredondados. Estudava os dizeres e a forma de desenhar nomes e datas.

Antes de dormir, Mário abriu um novo vidro de Dilacoron, receitado pelo doutor Mundim. Os principais efeitos estavam anotados no diário. Assim saberia identificar qualquer alteração no organismo. O medicamento agia sobre o sistema cardiovascular, dilatava as artérias para reduzir a pressão sangüínea, atuava também em pacientes com dor no peito, por falha do coração, e certos tipos de arritmias cardíacas. Mário observou durante um tempo os possíveis efeitos colaterais: tonteiras, redução do ritmo cardíaco, enjôo, dores de cabeça, embora não se preocupasse mais com as ações do remédio. Estava desassossegado com os efeitos colaterais surgidos após a conversa com Olga.

A viagem

No domingo, 8 de março, Mário se viu diante de uma oportunidade para passar a limpo a situação que o aborrecia. Aceitou o convite de um primo de Carmem para o aniversário do pai de Ascânio Monteiro, em Poços de Caldas. Sempre foram chamados para as festas da família, mas Carmem se furtava desses encontros e ele nunca entendera o porquê. Mário, porém, decidiu encontrar o rival recém-descoberto. Queria saber de tudo, tirar dúvidas, saber se ele mantinha correspondências de Carmem e descobrir qual era a maldita bomba que interrompeu a relação. E acabar, de uma vez por todas, com a excessiva munição que Olga trouxera do passado e que corria o risco de dinamitar a memória de Santinha.

Enquanto pensava nessa história, Mário também refletiu o próprio isolamento, a ausência de Carmem, o culto à memória da mulher. Pensou no livro recomendado pelo doutor Mundim, uma obra de Mira y Lopes sobre a solidão. Leu por obrigação e acabou absorvendo alguns trechos. O homem habitua-se na velhice à solidão que está fadado a viver eternamente. Muitos morrem mais do desgosto de serem velhos do que, propriamente, da velhice. As soluções possíveis? Agarrar-se ao passado e viver de recordações em seu mundo interior. Negar a velhice e camuflá-la, recorrendo a toda sorte de meios químicos, físicos, estéticos e verbais para dissimular a idade. Mergulhar na tristeza com queixas contínuas para despertar compaixão. Ou adotar uma atitude místico-religiosa, com renúncia e resignação. Concluiu que não era o momento adequado para tomar decisões. Não antes de conversar com Ascânio Monteiro.

Mário viajou no sábado a Poços de Caldas com o filho Júlio. Hospedaram-se no apartamento 59 do Hotel Continental, na avenida Francisco Sales. No dia seguinte, acordou às quatro da manhã, expulso da cama pelas pulgas e com uma ansiedade que o fazia coçar dos pés à cabeça. Pela manhã, passeou sozinho pela cidade, visitou o mercado, uma fábrica de porcelanas e seguiu depois com o filho para a casa de Ascânio Monteiro. Mário não podia mais fugir daquele encontro, cercado de expectativa, um martírio para ele, depois de quase cinqüenta anos dos fatos passados. Não era mais a Carmem que dominava o pensamento de Mário, mas a idéia fixa daquele noivado anterior ao casamento.

Na casa da família Monteiro, Mário esperou que Ascânio o reconhecesse, o que não ocorreu. Em meio a uma roda de conversa da qual participavam amigos e parentes, Mário aproximou-se de Ascânio no momento considerado oportuno e se apresentou como o amargurado viúvo de Carmem. O choque foi evidente. Constatou que Ascânio realmente não o reconhecera. Na realidade, fazia mais de vinte anos que não se viam. Os que estavam próximos dos dois se calaram, pareciam cúmplices de um segredo conhecido intimamente por cada um. Ascânio teve uma leve tremedeira. Depois de breve silêncio, abraçou Mário, comovido. Passada a emoção, conversaram reservadamente como dois cavalheiros de setenta anos, refeitos com um cálice de vermute.

Conseguiu, enfim, ouvir a versão de Ascânio, que se casara em fevereiro de 1925 com Eleonora, morta dois anos antes de Carmem. "Fui para o altar como um boi segue pro açougue". Compreendeu posteriormente o significado daquele desabafo. Ascânio assumiu o matrimônio a contragosto depois de engravidar Eleonora, um escândalo à época, não só por embarrigar a mulher, mas porque mantinha um noivado de quase cinco anos com Carmem. "Foi uma aventura de alto preço, o maior erro da minha vida". O pai o impediu de seguir adiante com o noivado após desgraçar a vida de outra moça de família. Envergonhado, rompeu a relação por meio de uma carta.

Mário estava perplexo com o relato. Não sabia do noivado, muito menos que tinha durado todo aquele tempo. Olga falara de uma relação de sentimento mais forte, não sobre a duração. Em cinco anos talvez até tivessem se beijado. Essa foi a primeira consideração de Mário. Ao mesmo tempo em que ficou enciumado com o que considerou uma declaração de amor de Ascânio, sentiu-se aliviado com a existência do desencontro de Carmem com o rival. Caso contrário, não teria conhecido Santinha. Ao final da conversa, perguntou se Ascânio teria cartas ou fotografias antigas de Carmem, mas ele se esquivou. "Queimei todo o meu passado". Na despedida, prometeu escrever para Mário as suas memórias.

Na volta para Belo Horizonte, Mário sentiu-se confuso. Agora tinha o depoimento de Ascânio, que reafirmava o amor por Carmem. Mas sabia que jamais ouviria Santinha. A história o perturbou ainda mais, o que passou a comprometer até mesmo os encontros familiares. Nem as saborosas empadinhas da Estela e o apreciado guaraná Alterosa sustentavam as reuniões sem um momento de tensão. Fez um balanço, reconheceu a própria culpa. A sua dor se refletia na voz e nos seus atos e, sem querer, tornava-se desagradável. A família não conseguia mais se distrair. Os encontros estavam em franca decadência. Os filhos e amigos se apoiavam em qualquer motivo para não comparecer. E os que apareciam davam a impressão de estar cumprindo uma obrigação.

Tentou analisar as atitudes e comportamentos de Carmem para encobrir o amor que sentia por Ascânio Monteiro. Deprimido, concluíra para si mesmo que Santinha levou para o túmulo a tristeza de um amor impossível.

O ritmo cardíaco sofreu ligeira redução. Carmem tinha um incrível poder de dissimulação, predicado para encobrir os sentimentos. Mário pensou que aquele era um domínio calculado, meditado, puro, de finalidades nobres, para não causar a ele dissabores, contrariedades, aborrecimentos. A cabeça começou a doer. A mulher fora infeliz ou absorveu a própria infelicidade para fazer dele o mais venturoso dos homens. Sentiu um mal-estar, abriu a janela para aumentar a circulação de ar no quarto, afrouxou os botões da camisa e se deitou. Precisava dormir.

O crime do Padre Inácio

O ritual

Era noite alta no Sítio São Caetano, na Serra do Paraopeba, e padre Inácio de Sousa Ferreira enclausurara-se dentro da capela. Não estava só. Do lado de fora, Caetano Borges, escondido atrás das árvores, espreitava os movimentos. Descobrira ao acaso, havia cerca de um mês, aqueles encontros furtivos durante a madrugada. Minutos após padre Inácio, a mulher entrou no santuário, escondida sob uma longa capa cujo capuz escondia o rosto. Da última vez, Caetano conseguiu se aproximar da capela. Ouviu vozes sem distinguir o teor da conversa, entrecortada de sussurros e gemidos abafados que não deixaram dúvidas sobre o que ocorria no interior do templo.

Embora dono da propriedade que mantinha com José Borges e o tio Francisco Borges de Carvalho, era padre Inácio o responsável pelo cumprimento das rígidas normas do lugar, o líder à frente do contrabando de ouro e da fundição de moedas falsas.

Desde o início daquela operação clandestina, em 1729, os parentes deixaram de exercer o comando e Caetano, ao descobrir a atividade ilícita, tinha um trunfo nas mãos que certamente abalaria a autoridade de padre Inácio. Naquela noite, Caetano estava decidido a descobrir a identidade da concubina. Tinha consigo arma de fogo e faca na algibeira, além de uma garrafa de cachaça para suportar não só o frio do ambiente, mas um tremor interno. Era uma sensação de pavor diante da missão imposta a si mesmo: seguir a mulher e desvendar a identidade da amante de padre Inácio. O próximo passo seria encontrar uma forma de desestabilizá-lo diante dos sócios da comunidade. Pouco antes do nascer do Sol, os dois abandonaram a capela. Primeiro, padre Inácio. Depois, a mulher, que deixou o lugar por uma trilha no meio da mata.

No final da manhã do mesmo dia, todos se reuniram na casa de pedra, fachada da fábrica de fundição de moedas falsas. Padre Inácio Ferreira era sempre o último a chegar. Abridores de cunhos, ferreiros, fundidores, escravos e uma dúzia de sócios o esperavam para a oratória semanal. A altivez estampada no rosto e o olhar frio silenciavam o ambiente assim que entrava. A fala grave impunha respeito ao relembrar as normas e os severos castigos a serem impostos a quem desobedecesse as regras. Todos ouviam os mandamentos régios em absoluto silêncio. O ritual, precedido da leitura de trechos da Bíblia, ganhava às vezes dimensões épicas. Padre Inácio discursava, gesticulava e alterava a modulação da voz – ora bradava, ora empregava um tom travestido de conselho, súplica ou queixa.

– Este negócio é dos mais graves que viu o mundo porque é crime de lesa-majestade e da primeira cabeça e por isso castigado com duras e severas penas, como são perder a vida na fogueira, todos os bens para a Coroa e ficar por sentença infame toda a geração. Incorre neste crime quem ajudou, aconselhou ou deu favor, pelo que os presentes já estamos compreendidos na terribilidade do referido caso em que entramos, uns obrigados da necessidade, outros sem correspondência, como os que para outros meios se não encontram. Sabemos que os modos de viver no país se cansaram, de sorte que é apontado com o dedo o que faz fortuna.

Inácio Ferreira, padre português, antigo capitão de Nau da Índia, chefiava, há dois anos, a operação. Fugiu das sucessivas perseguições do governo Luís Vaia Monteiro aos falsificadores do Fisco Real no Rio de Janeiro para dar continuidade ao negócio em Minas Gerais. Inteligente, culto e com incrível capacidade de comando, Inácio Ferreira contava com a conivência do governo de Minas e até de importantes integrantes da corte de Dom João V, embora o próprio rei estivesse à procura de falsificadores de barras de ouro e de moedas em toda a Colônia.

As dificuldades encontradas no Rio de Janeiro forçaram a instalação da fábrica em Minas Gerais. Os comparsas se beneficiaram do apoio de Manuel de C. Fonseca, secretário do governador de Minas Gerais, Dom Lourenço Almeida. Cúmplice da atividade, favoreceu a produção de barras de ouro falsas, conseguidas a partir de liga de latão, além de moedas com cunhos legítimos, furtados das Casas de Fundição oficiais.

Padre Inácio costumava interromper o ritual para molhar as palavras. Bebia solenemente a água retirada da moringa. Qual momento da eucaristia, levantava o braço direito sustentando o copo e prosseguia a leitura dos sacramentos sociais da comunidade para comungar a doutrina, uma espécie de Código de Honra:

— Nem o vinho nem a aguardente hão de entrar aqui. Salomão não proíbe esta bebida, sendo moderada. Pelo risco que há de passar de moderada a excessiva, diz que nem olhemos para tal, por entrar branda e no fim morder como a serpente e matar como o basilisco. De nada aproveita e pode desarrumar muito, bastando só este risco, ainda que dele se não seguisse dano algum.

Nesse momento, Caetano olhou de esguelha para o tio, buscava apoio para a decisão a ser tomada. Bastava apenas se levantar e contar a todos o que sabia. No fundo, porém, Caetano tinha consciência de que não seria fácil convencê-los apenas com uma oratória contundente. Não tinha provas a apresentar. Além do cansaço, a ansiedade o consumia. As palavras de padre Inácio não encontravam mais eco dentro dele. A única saída para Caetano era contar ao tio e a José Borges o que descobrira, no entanto uma força estranha parecia freá-lo.

— Não nego o chocolate por ser sem perigo e substancial, mas não há de haver jogos, porque deles se seguem disputas e liberdades e delas desconfianças, lição que alguns me ensinaram em poucos dias de escola. Devo fechar a porta à desunião que entrará sem dúvida, pelo jogo.

O comandante da comunidade exerce a autoridade de um imperador naquele lugar, cujo trono, uma cadeira em jacarandá de assento e espaldar de couro lavrado localizada na capela, era refúgio no final do dia e durante certas madrugadas. Apenas Caetano tinha conhecimento do prolongado recolhimento do padre em horários nada convencionais. Pouco antes de deixar a propriedade, a mulher foi surpreendida por Caetano. Armado, obrigou a amante de padre Inácio a retirar o capuz. Reconheceu Joana, fornecedora de víveres do lugar.

Os mandamentos régios não proibiam o sexo, porém nada de encontros desse tipo dentro da fortaleza, uma vez que a atividade de falsificação ficava exposta a estranhos. E as mulheres eram vistas por padre Inácio com desconfiança, pelo menos nos discursos, em que assumiam o papel de Eva, responsável pela destruição do paraíso ao não conseguir guardar segredo da aventura mantida com Adão. Na teoria do líder, a serpente apenas fornecera a maçã. A entrada de mulher na fortaleza só era permitida durante o dia e aos domingos, desde que fossem fornecedoras de mantimentos ou moradoras da vizinhança que compareciam às missas.

Para se divertir com as mulheres, cada sócio tinha a permissão de sair uma vez por semana, quando freqüentavam uma das bodegas encontradas nas estradas fora do vilarejo. Ninguém podia, no entanto, ausentar-se sem a devida licença, tampouco enviar ou receber cartas sem que passassem pelas mãos de padre Inácio. Manifestação artística, porém, era permitida.

– Não proíbo se gaste algum tempo, atendidas as obrigações da casa, em cantar e tocar, porque deste divertimento se segue o negócio de se congregarem cada vez mais os ânimos. Não haverá descomposição e, como a faca é supérflua na algibeira e nela arriscada, todos a porão em um mesmo lugar, assentando cada um consigo que ela não há de aproveitar de nada para os domésticos e companheiros, e para os de fora, havendo cuidado, haverá tempo de usarem de armas ofensivas de longe, assentando que não têm que desconfiar nem brigar com companheiro, considerando que somos levantados, isto é, fora da lei, que dependemos de nós para nós mesmos, para nos conservarmos, e que somos soldados ou passageiros de Nau de Guerra com obediência ao Capitão dela que castiga com severidade a quem dentro da Nau faz movimentos.

O padre e capitão, após repassar as funções e obrigações de cada sócio, terminava o discurso com a reafirmação da própria autoridade:

– Armas, vigílias e gravíssima união e obediência à minha vontade, que graças a Deus testemunha para nosso cômodo, há de ser a salvação de todos em tanto risco, em tanto temor, que sempre deve andar diante dos olhos com prudência para prevenir o futuro e não para chorar como meninos. Pela parte de vosmicês está muito pouca coisa ou nada, que é a obediência. Pela minha parte está quase tudo, que são considerações indivisíveis e desembolso perpétuo.

A casa de fundição de moeda falsa no Paraopeba funcionava como regimento militar e tudo estava previsto para garantir segurança e resistência a tempo, diante da iminente chegada do inimigo. Havia uma implacável rotina diária em que todos tinham suas obrigações. As armas deveriam ser examinadas após o pôr do sol e estar carregadas e, caso necessário, os responsáveis providenciariam, com antecedência, o provimento de gêneros de pólvora, bala e pederneiras.

A alimentação também passava por rigoroso controle para que nada faltasse, principalmente nos períodos de seca. Os almoços, merendas, jantares e ceias eram fartos. A gula não era vista como pecado, desde que tudo estivesse na provisão. Comia-se com fartura e o desperdício era punido com rigor, com o cancelamento da refeição.

Todos os dias, um escravo e um branco providenciavam a lenha da cozinha e faziam carvão. Em qualquer área, o sócio que deixasse de trabalhar de acordo com as normas perderia o salário da semana e corria o risco de perder todo o pagamento realizado para ser repartido entre todos. E quem ficasse doente era obrigado a executar as tarefas em dobro ao melhorar.

A entrada e a saída de ouro passavam por controle ainda mais rígido. Sempre havia um sócio responsável pelos registros de produção e de qualquer irregularidade. A arrecadação de ouro, guardado em cofres, tinha o mesmo acompanhamento, assim como o ouro em pó originário do Serro. Na casa principal, onde ficavam os cofres, era proibido o acesso de escravos, bem como todos os cachorros não poderiam entrar nos alojamentos. Para Inácio Ferreira, os cães, do lado de fora, se sentiriam melhor e eram peças estratégicas na comunidade. Os latidos funcionariam como senhas eficazes em caso de invasão do inimigo. Durante as saídas do Sítio São Caetano, a comunidade jamais poderia ficar sem pelo menos um terço dos sócios.

Uma das coisas que mais deixava padre Inácio Ferreira incomodado era a segurança. Cada vez que a cancela, de dia ou de noite, fosse encontrada sem correntes e cadeados, todos que estivessem dentro da casa deveriam pagar uma multa de duzentos mil réis. Por isso, quem fosse sair da propriedade deveria chamar alguém para fechá-la. Quem não avisasse, também pagaria duzentos mil réis e carregaria o carvão, junto com os escravos, durante quatro semanas.

Cachaça e chocolate

Em 20 de fevereiro de 1731, José Borges de Carvalho apeou do cavalo na porta da casa de Diogo Cotrim, em Sabará. Caminhou pensativo antes de anunciar sua presença na casa do ouvidor. Não conseguira absorver, até então, a maneira covarde com que mataram Caetano, assassinado com um tiro pelas costas. Tinha a convicção de quem estava por trás do crime. José Borges tinha a exata noção da responsabilidade que carregava a caminho da delação.

Não foi no dia seguinte à descoberta que Caetano contou a José Borges e ao tio Francisco o que sabia sobre padre Inácio. Joana era vistosa, cobiçada por quase todos os homens da comunidade. Seduziu Caetano na tentativa de evitar a queda de padre Inácio diante dos comparsas. Não porque gostasse daquele homem, mas as moedas de ouro que recebia do padre eram indispensáveis para sustentar a criação de porcos, galinhas, a produção de farinha e verduras, além de financiar o comércio de escravos mantido pelo pai. Por outro lado, a mulher evitou contar a padre Inácio o que ocorrera, por se sentir atraída por Caetano e porque ficou com medo de ser acusada de não ter tido o devido cuidado para impedir de ser vista após a saída da capela.

Durante alguns meses, Joana recebeu as bênçãos de padre Inácio dentro do templo e a unção de Caetano no rio que circundava a propriedade. Até o dia em que um dos homens de confiança de padre Inácio descobriu o ritual pagão e denunciou o sócio ao comandante. Uma semana antes do crime, Caetano contara toda a história ao tio. Com a morte do sobrinho, Francisco Borges decidiu pôr um fim à sociedade com padre Inácio. Após um primeiro contato com Diogo Cotrim, depois de retornar de uma viagem a Vila Rica de Ouro Preto, Francisco cumpriu o que acertara com o ouvidor. Passou a José Borges a missão de entregar-lhe um longo documento com minuciosa descrição da fazenda, um mapa com a demarcação de todos os locais de trabalho, depósitos e alojamentos.

José Borges entregou a missiva a Diogo Cotrim. O texto de seis páginas foi lido minuciosamente pelo corregedor da Comarca do Rio das Velhas:

"Senhor Doutor Ouvidor Geral Diogo Cotrim de Souza,

Obedecendo a Vossa Mercê, logo que cheguei a esta fazenda cuidei por todos os meios como havia para conseguir retirar meu sobrinho deste inferno e para lhe ir servir de guia com o pretexto de que vai para o Serro do Frio. Vossa Mercê, logo que ele seja chegado a essa Vila, e falando-lhe em segredo, como lhe encomendo, o mande pôr em parte oculta, para que não seja visto até se pôr pronta a diligência. Na serra, de dia, andam vigias contínuos. Assim que Vossa Mercê não deve continuar a marcha do Sítio do Rodeão por dia, senão muito já junto da noite. Chegado ao Boqueirão da Serra, se continuará o caminho na volta dele, junto a um despenhadeiro muito grande, donde deve haver muita cautela..."

Diogo Cotrim absorveu com precisão cada detalhe descrito por Francisco Borges. Ficaria atento à porteira principal, tomaria cuidado com as possíveis ciladas na descida entre os rochedos, nas pontes e na casa de vivenda. Até mesmo a senzala era perigosa, pólvora sob sol escaldante. Os escravos de confiança possuíam armas de fogo, muitas de dois tiros, baionetas, escopetas, cartucheiras, chuchos de ferro, hastes de pau comprido, balas de chumbo e barris de pólvora.

De todas as partes se poderia fazer fogo a peito coberto, com danos para os de fora. Os mapas descreviam cada lugar, os residentes das casas, a quantidade de armas e munições existentes, além de demarcar as distâncias entre senzala, capela-mor, olaria, ferraria, casa de fundição e moeda, um pequeno rancho, uma roça, pontes e córregos. Diogo Cotrim cercaria também a saída para o rio, ponto de fuga da vivenda.

Ao término da carta, o ouvidor começou a organizar uma expedição à fábrica de fundição de moedas falsas. Convocou a Ordenança de Sabará, com alguns soldados de Dragões, conduzidos por homens de confiança, e algumas Companhias de Ordenanças de Morro Vermelho e Congonhas do Campo. Iniciou a viagem à serra no dia 5 de março de 1731, chegando à fortaleza do Paraopeba três dias depois. Eram mais de cem pessoas bem-armadas, entre brancos e negros, que entraram na fazenda no meio da madrugada.

Depois de atravessar densa mata, os homens de Diogo Cotrim foram vistos próximos à porteira por Antônio Pereira de Sousa, sobrinho de padre Inácio. Assustado, começou a gritar e a atirar para o alto. Como não havia outra saída, a comitiva avançou. Rapidamente chegou até a porteira, sem corrente e fechadura, como fora combinado com Francisco Borges. Um grupo se deslocou até a senzala e conseguiu desarmar os escravos. Parte dos homens, comandados pelo capitão de Morro Vermelho, cercou a capela e prendeu os que corriam assustados. Dali, somente fugiu um negro cozinheiro, que deu o alarme nas moradas mais distantes, inclusive nas casas de fundição, ferraria e moeda.

Tiros incertos foram disparados em várias direções. Em vez de mostrarem resistência, muitos comparsas fugiram desnorteados pela mata. Durante a correria, peças de fabrico de moedas foram enterradas no mato, juntamente com algumas arrobas de ouro. Brancos e escravos fugiram pelo rio, desceram por canoas até o Rio das Velhas e dali seguiram viagem até o São Francisco; os mais afoitos tentaram escapar a nado.

A comitiva de Cotrim gastou quase uma hora para cercar a região e dominar os criminosos; os cachorros não ofereceram resistência, com exceção de um cão, que quase arrancou a perna de um dos homens do ouvidor. Foram poucas baixas e o corregedor iniciou a identificação dos objetos utilizados na fábrica de falsificação. Os homens de Diogo Cotrim encontraram barras de ouro fundido, arrobas em lingotes, ouro em pó, latão, almocafres e diversas peças utilizadas na fundição. Debaixo de um monte de lixo, a comitiva resgatou um embrulho com moedas recentemente fundidas.

Havia provas suficientes para incriminar os falsificadores, mas o chefe da fortaleza não foi encontrado na casa de pedra nem nos alojamentos. Ao entrar na capela-mor, Diogo Cotrim foi recebido a tiros, que passaram de raspão no braço. Sem perder tempo e para evitar a recarga da arma inimiga, os homens de Cotrim entraram na capela e correram em direção ao altar. Viram sob o retábulo um arcaz de sucupira semi-aberto, de onde partiram os tiros. O ouvidor se surpreendeu ao abrir o móvel; encontrou um homem encolhido, de joelhos, tentando recarregar a arma. Ao lado dele, um ostensório, uma bíblia, aguardente e chocolate. Era padre Inácio, com sinais de embriaguez, levado por Dom Diogo sem conseguir manifestar resistência.

Marcas dessa história repousam há mais de dois séculos num lugar hoje conhecido como Fazenda da Memória, em São Caetano de Moeda Velha. Uma casa de pedra preserva paredes de aspecto sombrio ao lado de uma capela construída bem depois. Ao redor, ruínas de pedra agigantam-se em meio à mata. Próximo à atual capela, ao lado de um bar, uma trilha conduz até o alto da serra. A poucos metros do topo, sobre o calçamento formado por antigas pedras, é possível avistar a exuberância da vegetação. Difícil não querer voltar no tempo para acompanhar, como espectador privilegiado, as cenas ocorridas ali. A vereda parece não ter fim. Dá vontade de seguir o caminho para ver onde termina essa história.